Frank Göhre

ST.-PAULI-NACHT

rororo

Rowohlt

rororo thriller
Herausgegeben von Bernd Jost

10.–12. Tausend Mai 1994

Originalausgabe
Veröffentlicht im Rowohlt Taschenbuch Verlag GmbH,
Reinbek bei Hamburg, November 1993
Umschlagfoto Claudia Reinhardt
Umschlagtypographie Peter Wippermann / Susanne Müller

Satz Bembo (Linotronic 500)
Gesamtherstellung Clausen & Bosse, Leck
Printed in Germany
890-ISBN 3 499 43069 X

Die Hauptpersonen

JOHNNY

DER FRIESE

MANFRED

KARIN

SVEN

DORIT

RASTA ROBBY

TIMO

ROBERTA

und

Kriminalhauptkommissar

JÖRG FEDDER

Diese Geschichten spielen in Hamburg-St. Pauli.
Die auftretenden Personen jedoch sind
frei erfunden, und die geschilderten Ereignisse
haben so nie stattgefunden.

Für Angela, Eva, Regina und Simone.

1
JOHNNY

16.48–20.23 Uhr

Gegen halb sechs nachmittags hörte Johnny, daß er gekillt werden sollte, knapp drei Stunden später war er tot.

Es war Freitag, der 30. April, ein für die Jahreszeit ungewöhnlich sonniger und heißer Tag. Johnny hatte soeben eine erfrischende Dusche genommen und trat, nur mit einem um die Hüften geschlungenen Badetuch bekleidet, auf den Balkon der Drei-Zimmer-Altbauwohnung in der zweiten Etage.

Der Balkon war nicht sonderlich groß, bot gerade Platz für einen Bistrotisch und zwei verchromte Klappstühle mit schwarzen Sitzflächen. An das Balustradengitter war ein aufgespannter, knallroter Sonnenschirm geschraubt.

Auf der marmorierten Tischfläche befanden sich drei durchgeblätterte Hamburger Tageszeitungen, eine zur Hälfte geleerte Flasche Orangensaft, ein antikes, hohes Glas, ein Pernod-Aschenbecher, eine Packung Filterzigaretten und ein billiges, grünes Feuerzeug.

Johnny zündete sich eine Zigarette an und schaute runter auf die Straße. Schräg gegenüber hockten zwei Kids auf den Stufen zum Imbiß. Sie trugen an den Knien aufgeschlitzte Jeans, verwaschene Muskelshirts, hatten die Baseballkappen verkehrt herum auf und pickten Pommes mit Majo aus den Fettpapiertüten. Ein Anblick zum Abkotzen.

Johnny ließ seinen Blick zur Bushaltestelle wandern.

In wenigen Minuten würde er dort Stephanie aussteigen sehen. Die Wohnung, in der er sich aufhielt, war von ihr gemietet. Stephanie zahlte dafür 1080 Mark kalt, mit Gas und Strom beliefen sich die Kosten auf rund 1250 Mark. Das war gut ein Drittel ihres Gehalts als Bankangestellte, eigentlich der reine Wahnsinn. Johnny hatte noch nie in seinem Leben Miete gezahlt. Bis vor zwei Wochen war er wieder einmal neun Monate auf Staatskosten untergekommen und verpflegt worden, in einer Schweinezelle allerdings. An den Fraß wollte er erst gar nicht denken.

Genüßlich rauchte er seine Zigarette zu Ende, schnippte die Kippe über die Brüstung und sah, daß sie in einem Kinderwagen landen würde.

Johnny trat schnell einen Schritt nach hinten. Was er nun überhaupt nicht brauchen konnte, war irgendwelcher Ärger. Er hörte einen etwas panischen Aufschrei und zugleich das Gequäke des Babys, schüttelte sich kurz und huschte zurück in den Wohnraum.

Das Zimmer war mit einer zebragemusterten Eckcouch, einem Korbsessel, einem niedrigen Glastisch und zwei Wandregalen mit Böden aus gehärtetem Klarglas eingerichtet. Zwischen den beiden Regalen waren über ein Dutzend Spiegel in den verschiedensten Formen angebracht. Stephanie hatte einen ausgesprochenen Spiegel-Tick. Sie wollte sich in jedem Raum ihrer Wohnung anschauen können, ein Bedürfnis, daß Johnny bislang nicht weiter zur Sprache gebracht hatte. Insgeheim aber fand er es total affig.

Er zog wahllos eins der großformatigen Comic-Hefte aus einem der Regale und begab sich damit zur Couch.

Kaum hatte er es sich gemütlich gemacht, vernahm er die ihm inzwischen vertrauten Stöckelschritte im Treppenhaus. Die Wohnungstür wurde aufgeschlossen, und Sekunden später ließ sich eine sichtlich genervte Stephanie in den Korbsessel fallen.

«Ich bring ihn noch mal um», waren ihre ersten Worte.

«Hallo», sagte Johnny.

«Entschuldige, aber du machst dir keine Vorstellung, was der Typ sich alles rausnimmt. Das hat er mir heute mit den Belegen rübergeschoben.» Sie kramte in ihrer Handtasche und warf dann ein noch eingeschweißtes, schwarzes Präservativ auf den Tisch. «Und die Schalterkunden grinsen sich eins.»

Johnny grinste auch.

«Nett», sagte er. «Läßt sich bei Gelegenheit verwenden.»

«Der Mann ist ein Psychopath, Johnny. Das ist doch nicht normal. Was denkt der sich dabei?»

«Hü machen», meinte Johnny. «Ich hab eingekauft. Kalbsschnitzel und Auberginen. Du kannst die Auberginen wieder mit Käse überbacken, das war saugut.» Er lächelte sie jetzt breit an und nickte ihr auffordernd zu.

Stephanie schüttelte den Kopf. Sie schlug ihre langen Beine übereinander, und ihr kurzer Rock schob sich eine Handbreit hoch, enthüllte den schmalen, gemusterten Bund ihrer halterlosen Nylons.

«Der Scheißkerl ist über Fünfzig, und er ist sozusagen mein Vorgesetzter. Soll ich damit zur Direktion rauf – hier, meine Herren, der Herr Boll steckt mir jetzt Gummis zu?! – Hau ihm eins aufs Maul, Johnny! Fang ihn ab und gib ihm was in die Fresse! Sonst dreh ich noch durch!»

Johnny legte den Comic beiseite und stand von der Couch auf. Er steckte das Badetuch wieder fest zusammen, beugte sich zu Stephanie und drückte ihr einen Schmatz auf die Wange. Seine Linke ließ er spielerisch an ihrem Hals herunter zum Ansatz ihrer Brüste wandern.

Stephanie trug ein enganliegendes und tiefausgeschnittenes weißes T-Shirt. Um ihren Hals war das schlichte Goldkettchen mit dem ebenfalls goldenen Widder-Anhänger. Johnny hatte Stephanie am Abend nach ihrem 23. Geburtstag in einer Discothek am Mittelweg poussiert und war seitdem der Mann, den sie gegenüber ihrer Familie «mein neuer Fester» nannte. Johnny hatte es bislang vermeiden können, Eltern und Geschwistern persönlich vorgestellt zu werden, und dabei sollte es auch bleiben.

Er hatte jetzt seine Hand unter ihrem Shirt.

«Johnny hat großen Hunger», sagte er sanft und

möglicherweise nicht eindeutig genug. Stephanie legte den Kopf zurück und blickte ihn an. Ihr volles, dunkles Haar kitzelte seinen nackten Arm.

«Juckt dich das gar nicht, daß dieser Arsch mich dermaßen säuisch anmacht?»

«Du kommst schon damit klar.»

«Nein», entgegnete sie. «Komm ich nicht. Wer weiß, was er noch alles anstellt. Warum willst du ihn dir nicht vornehmen?» Sie streckte die Arme hoch und umschlang seinen Nacken. «Ich bin dermaßen fertig, können wir nicht später essen? Du riechst gut.»

Johnny entschied sich, ihren Mund zu küssen, was zur Folge hatte, daß Stephanie ihn nun dazu brachte, sich mit ihr auf den blanken Parkettboden sinken zu lassen. Als sie ihren Hintern anhob, um den hauchdünnen Slip unter dem Rock herunterzustreifen, klingelte das Telefon.

«Scheiße», sagte sie. «Das wird Ma sein. Warte, ich mach's kurz.» Sie rappelte sich auf, stieg aus dem bereits in die Kniekehlen gerutschten Slip und warf ihn Johnny zu.

Johnny sah noch, daß sie den Reißverschluß ihres Rocks aufzog und auch das Teil fiel. Nur in Strümpfen und dem kurzen Shirt hatte sie was von einem dieser Playmates auf den Hochglanzpapierseiten.

Er drehte sich auf den Rücken und schloß die Augen. Die Unterbrechung war ihm nicht gänzlich unangenehm. Wenn es denn schon soweit war, sollte es drüben auf dem Futon sein, damit er sich danach noch ein kleines Nickerchen gönnen konnte. Während Stephanie dann wohl endlich den Weg in die Küche finden würde. Widder-Frauen!

«Ja, Ma?» hörte er und gleich darauf: «Oh, nein, Entschuldigung. Einen Moment – Johnny!»

Alarmiert schreckte Johnny hoch.

Er hatte sich in den vergangenen Tagen äußerst bedeckt gehalten, war nur kurz in den Geschäften des Viertels und vielleicht zwei-, dreimal abends mit Stephanie zum Essen aus gewesen, in kleinen und kaum besuchten Lokalen. Wer also konnte ihn gesehen haben, und wer, zum Teufel, wußte zudem, daß er hier untergetaucht war?

Stephanie kam ihm mit dem Apparat entgegen. Er nahm ihn ihr stirnrunzelnd ab und meldete sich mit einem knappen «Ja?», sicher ein grober Fehler, aber nun gut.

«Johnny? – Verabschiede dich von der Kleinen. Für immer. Du springst in die Kiste. Heute noch.»

«Ach ja?»

Doch der Anrufer hatte bereits eingehängt.

Johnny nahm den Hörer vom Ohr, legte ihn vorsichtig auf und stellte das Telefon beiseite.

«Wer war das?» wollte Stephanie wissen.

«Ein Arschloch.» Er bückte sich nach dem Badetuch. «Wir essen später, ich hab was zu erledigen.»

«War das ein Freund von dir?»

«Ich sagte, ein Arschloch. Komm, Ende mit lustig.» Johnny wehrte ihre Hand ab und stapfte an

Stephanie vorbei. Sie folgte ihm in das nur mit dem Futon, einem weißlackierten Wandschrank und -zig Spiegeln ausgestattete Schlafzimmer.

«Kein Freund, aber du triffst dich mit ihm», sagte Stephanie leicht angefressen, hockte sich auf den Futon und streifte ihre Strümpfe ab, während er den Schrank öffnete und eine Unterhose herauskramte.

«Hab ich das gesagt?»

«Ich hab gehört, was du gesagt hast.»

«Na bestens. – Was soll das jetzt?» Er sah aus den Augenwinkeln in einem der Spiegel, daß sie sich auch das T-Shirt ausgezogen hatte und unter das Laken kroch, sich zum Fenster hin auf die Seite rollte.

«Ich bin total geschafft. Du kannst mich wecken, wenn du zurück bist.»

«Du bist stinkig.»

«Ich bin müde. – Tschüs dann.»

Johnnys Augen verengten sich zu schmalen Schlitzen. Er überlegte, ihr nun doch zu sagen, was dieses Arschloch von sich gegeben hatte, daß Streß anstand, für ihn und höchstwahrscheinlich auch für sie. Es war durchaus möglich, daß der Pisser nur darauf wartete, ihn aus dem Haus zischen zu sehen. Um sich erst einmal Stephanie vorzunehmen. Scheiße.

«Hör mal», sagte er. «Wir reden nachher darüber. Tu mir einen Gefallen und geh nicht an die Tür.»

«Warum sollte ich? Ich penne schon», brummelte sie.

«Herr im Himmel! Du kannst einen wirklich manchmal abnerven!» Er ging zu ihr und packte sie an den Schultern. «Also gut – irgendwer hat's auf mich abgesehen. Ich muß das klären.»

«Was?» Es gelang ihm, daß sie ihn ansah – muffig wie nichts, aber immerhin. Stephanie, dreiundzwanzig Jahre jung, eine Traumfigur, ein phantastisches Mädel, das im Grunde genommen nicht auf den Kopf gefallen war und sehr wohl wußte, mit wem es sich eingelassen hatte. Und er mochte sie. Er fühlte sich verdammt wohl bei ihr, in jeder nur denkbaren Beziehung.

«Wer der Scheißkerl ist, dieses Arschloch.»

«Warum sagst du das nicht gleich?» Sie setzte sich jetzt auf und erwiderte kopfschüttelnd seinen Blick. «Du tust immer erst, als sei ich total bescheuert. – Du weißt wirklich nicht, wer das war?»

«Nein.»

«Aber du hast eine Ahnung?»

«Mehrere», sagte er. «Es könnte jemand aus dem Knast sein, dem ich mal den Finger gezeigt hab. Oder einer von früher, der noch Haß schiebt. Jedenfalls weiß er, wo ich stecke, und das ist die Kacke. Was ist mit deinem letzten Typ?»

«Den hätte ich erkannt – nein, Robby hat nur noch einmal angerufen, in der Bank. Der hat das lässig weggesteckt.»

«Na gut – du öffnest nicht, okay? Ich krieg das in den Griff.» Er wußte, daß das Unsinn war. Wenn ihn tatsächlich jemand wegpusten wollte, würde ihm das auch gelingen. Aber die Kleine sollte nicht da mit reingezogen werden.

Er umarmte sie impulsiv. Großer Gott, wer hätte gedacht, daß ausgerechnet er einmal dermaßen auf ein Mädel abfahren würde?

«Johnny –?»

«Ja?»

«Paß auf dich auf. Ich –» Sie stockte und schluckte trocken. «Ich brauch dich. Ich – jetzt lach nicht – ich wünsch mir, daß wir heiraten, ehrlich.» Ihre Augen schimmerten plötzlich feucht. «Du hast doch nichts groß getan. Warum hat's jetzt einer auf dich abgesehen? Wie kommt der dazu? Ich will nicht, daß dir was passiert. Ich will, daß wir zusammenbleiben. Was bringt das denn, wenn du jetzt losziehst? Scheiße, Mensch, das war vom ersten Moment an alles so toll mit uns –»

«Hey», stoppte er sie. «Hey, hey – nun mal keine Panik. Ich hör mich nur schnell ein bißchen um. Ich paß schon auf. – Heiraten? Das ist nicht dein Ernst.»

«Doch.»

«Na – da schlafen wir aber noch drüber. Jetzt fang nicht an zu heulen, ich hab nicht nein gesagt.»

«Deshalb doch nicht.» Stephanie schniefte. «Ist das ein beschissener Tag!» Johnny nahm ihre Hände, legte sie ihr in den Schoß und erhob sich.

«Ich mach's kurz», sagte er und kleidete sich fix an. Dann ging er noch einmal zu ihr, hob ihr Kinn und küßte ihre Lippen. «Laß das mit dem Essen, wir gehen dann aus.»

«Ich liebe dich», sagte Stephanie leise. Ihre Augen waren noch naß.

Als Johnny kurz darauf auf die Straße trat, näherten sich ihm die beiden Kids, die er vom Balkon aus vor dem Imbiß gesehen hatte. Er wartete, bis sie vorbeigeschlappt waren, checkte währenddessen genauestens die Lage und entdeckte nichts Beunruhigendes.

Johnny nahm den Bus und stieg am Schlump in die U-Bahn um. Er blieb aufmerksam, seine Gedanken jedoch kreisten um die Ereignisse der letzten Jahre, gingen weit zurück. Er ließ all die Personen Revue passieren, die ihm irgendwie dumm gekommen waren und mit denen er Ärger gehabt hatte. Aber so ernsthaft er auch nachdachte, er erinnerte nichts, was zu dieser verdammten Drohung hätte führen können.

Die Bahn lief an der Station St. Pauli ein.

Nach über neun Monaten setzte Johnny jetzt seinen Fuß auf ein Terrain, das ihm gleich wieder vertraut war. Die Alkis an der teilweise vergitterten Bude, der nach schalem Bier und Pisse stinkende Bahnsteig, unzählige Kippen, überquellende Abfallbehälter, wüste Graffitis an den Wänden, die Gay-Kino-Reklame, die Kindernutten, die vor ihm die Treppe hochstaksten, und oben auf der Straße der unvermeidliche Köter, den ein hagerer Typ an der kurzen Leine hielt.

Die Uhr zeigte zwanzig nach sechs.

Johnny erwischte gerade noch die grüne Ampelphase, trabte über die Straße und blieb bei seinem zügigen Gang, hatte keinen Blick für die Schweineläden auf der rechten Seite. Er brauchte nicht mehr als fünf Minuten, bis er die Kneipe in der Hein-Hoyer-Straße erreicht hatte.

Einen Moment lang blieb er davor stehen.

Er tastete die Taschen seiner Jeans ab und stellte fest, daß er vergessen hatte, Zigaretten und Feuerzeug einzustecken. Die Balkon-Idylle blitzte vor ihm auf, der Bistrotisch und die zwei Klappstühle unter dem roten Sonnenschirm. Kalbsschnitzel und Auberginen, mit Käse überbacken, eine Flasche Weißwein und Stephanie – bekleidet nur mit einem Höschen und einem ihrer langen, kragenlosen Altherrenhemden.

Heiraten, dachte er. Na ja, warum nicht? Er konnte ja auch ein paar Mark dazuverdienen, in einer Kfz-Werkstatt beispielsweise. Mit Fahrzeugen aller Klassen kannte er sich aus, bestens sogar.

Johnny nickte nachdenklich. Dann aber gab er sich einen Ruck und zog die Tür auf.

Nase stand hinter dem Tresen, schaute flüchtig hoch und wollte sich schon wieder der vor ihm liegenden Zeitung widmen, stutzte aber. Erstaunen zeichnete sich auf seinem breiten Gesicht ab.

«Nee», sagte er und rieb sich die Nase.

«Ja», meinte Johnny. «So sieht's aus.» Er hatte sich umgesehen und festgestellt, daß nur noch eine Farbige in der Kneipe war, die die Tischplatten abwischte. «Ruhig heute.»

Es hatte sich nichts verändert. Das halbe Dutzend Tische aus imitierter Eiche, die Stühle mit den nach oben hin geschwungenen Lehnen und herzförmigen Griffen, verschlissene dunkelgrüne Sitzpolster, die zwei Daddelautomaten und die Nummernkästchen der Spargemeinschaft «Sparclub FC St. Pauli». Drei Hocker vor der Theke, und in den Regalen hinter Nase die Flaschen mit Hochprozentigem, das pinkfarbene Glücksschwein und der billige CD-Player. Und natürlich die signierten Fotos und Postkarten aus allen Ecken der Welt.

Auch Nase war ganz der alte geblieben, äußerlich jedenfalls. Seine gut 110 Kilo steckten in der grauen, längst abgetragenen Trevirahose und einem blaßgelben Hemd, das bis zur Brust offen war und über dem Kugelbauch spannte. Die Ärmel waren bis über die Ellbogen hochgekrempelt.

Johnny reichte Nase die Hand und stieg auf einen der Hocker.

«Nee», wiederholte Nase. «So was aber auch. Der Johnny. Bist du heute raus?»

«Ein paar Tage schon.» Er warf einen fragenden Blick auf die angebrochene Zigarettenschachtel, und Nase schob sie ihm hin, nahm sich auch selbst eine und gab Feuer.

«Bißchen klamm, was?»

«Kann man nicht sagen. – Ich hab 'ne Bleibe gefunden.»

«Eine Alte», stellte Nase fest.

«Eine Solide», korrigierte Johnny und rauchte ein paar Züge. Er tat, als habe er unendlich Zeit.

Nase nickte mehrere Male versonnen. Er rieb sich

erneut die Nase, bevor er unaufgefordert zwei Biere anzapfte.

«Das ist vernünftig», sagte er schließlich. «Wir kommen alle in die Jahre.»

«Ja, denk ich mir auch. – Fünfunddreißig, und ich mach einen auf gemütlich. Liebe Frau, hübsche Wohnung, und wenn Feierabend ist, ist Feierabend. Schön was essen, Tagesschau und ein Spielfilm, und denn ab in die Poofe.» Ihm war klar, wie bescheuert sich das anhören mußte. Doch Nase schickte ihm keinen skeptischen Blick rüber. Er strich hingebungsvoll den Schaum ab und füllte weiter auf.

«Klingt gut», sagte er, offenbar überzeugt. «Meine Alte will, daß wir den Laden hier aufgeben. Kleines Häuschen in Spanien. Malaga, meint sie. Ich weiß noch nicht so recht. Hitze ist eigentlich nicht mein Fall. Mir reichen schon Tage wie heute.»

«Kann ich bestens ab. Ich hab den ganzen Nachmittag über auf'm Balkon gelegen. Riesiger Otto, überdacht. Zwei Liegen. Wir haben schon nachts drauf gepennt, das ist echt geil.»

«Große Wohnung?»

«Fünf Zimmer und ein Bad, da kannst du 'nen Billardtisch aufstellen. Ganz in Marmor. – Ja, das war ein Supertreffer. Immobilienmaklerin, zwei, drei Jahre älter als ich, aber noch eine Figur – hat sich erst vor kurzem scheiden lassen.»

«Sauber», sagte Nase. «Da ist ja dann reichlich Kohle.»

«Wie gesagt – null Probleme. Sie schiebt mir jeden

Morgen ein paar Scheine hin. Nicht, wie du denkst. Nee, einfach so, als Taschengeld. Montag fang ich denn auch an, bei ihr im Büro zu arbeiten.»

«Aber heute noch mal Vollgas. – Prost dann.»

Johnny hob das ihm hingestellte Glas und nahm einen großen Schluck. Verdammte Hacke, er mußte jetzt langsam zur Sache kommen. Er konnte den Scheiß, den er abließ, schon selbst nicht mehr hören. Aber Stephanie würde sich kringeln.

Hoffentlich hielt sie sich daran, die Finger von der Tür zu lassen. Er glaubte nicht, daß sie im Bett geblieben war. Wahrscheinlich duschte sie oder betrachtete sich in ihren Spiegeln. Nein, sie telefonierte. Sie hing an der Strippe und erzählte ihrer Ma, daß es ihr mit ihrem neuen Festen ernst war. Und Mama würde darauf bestehen, daß ihr Johnny nun endlich vorgestellt wurde. Sonntag nachmittag, bei Kaffee und Kuchen. Vatter im Fernsehsessel, Stephanies ältere Schwester mit Baby und Mann, der kleine Bruder – Familienprogramm.

«Nicht direkt», sagte Johnny. «Ich will nur mal kurz einigen Leuten hallo sagen. Gibt es was, was ich wissen sollte?»

Nase trank aus, drehte das leere Glas und schaute ausdruckslos hinein. Er zuckte die Schultern.

«Kalle hat die Tage mal reingeguckt, mit der Fummeltante im Schlepptau. War nicht gut drauf.»

«Weswegen?»

«Hat 'ne Anzeige laufen. Körperverletzung. Eine total idiotische Nummer. Er hat 'ne Drogi am

Hauptbahnhof aufgegabelt, ist mit ihr in Robertas Wohnung. Alles locker. Aber dann kriegt die Drogi die Paranoia und Kalle gibt ihr 'nen Klaps. Sie nackt auf die Straße raus, tierisches Geschrei. Und schon sind die Bullen da, und Kalle hat 'ne Lampe.»

«Verhandlung war aber noch nicht?»

«Nee, steht noch an. Irgendwie kamen wir auf dich zu sprechen.»

«Und?»

«Er meinte, wenn er einfahren muß, könntest du die Fummeltante ackern lassen. Ich hab aber gehört, daß sie zu Brilli will. – Na ja, so wie's jetzt bei dir aussieht, wär das ja ohnehin nichts geworden.»

«Trotzdem – anständig von Kalle. Geht er noch ins Bistro?»

«Glaub schon. Ist aber noch ein bißchen früh.»

Johnny nickte. Er sah kurz auf die Uhr.

«Hör mal», sagte er dann. «Wüßtest du jemanden, der ein Problem mit mir hat?»

«Mit dir?» Nase schüttelte entschieden den Kopf. «Kann ich mir nicht denken.»

«Ich eigentlich auch nicht.»

«Aber?»

«Na ja», setzte Johnny an, angelte sich noch eine Zigarette aus Nases Packung und ließ sich Feuer geben. Er warf einen Blick zu der Farbigen rüber, die noch immer die Tische säuberte. «Kann sie uns verstehen?»

Mit drei Bieren und einem Asbach intus verließ Johnny kurz vor acht die Kneipe. Er war in gewisser

Weise beruhigt. Auf der Meile hatte man ihn nicht auf dem Zettel. Nase, der so ziemlich alles mitkriegte, hatte jedenfalls nichts gehört. Johnny überlegte, den Rückweg anzutreten. Aber er zögerte noch. Es konnte vielleicht nicht schaden, sich in ein paar Läden sehen zu lassen. Ganz locker reinschneien, ein Bierchen trinken, quatschen. Die Immobilienmaklerin weiter aufbauen, die solide Zukunft. Durchblicken lassen, warum er bislang nicht aufgetaucht war und überhaupt.

Johnny ging wieder zur Reeperbahn vor, die mittlerweile stark belebt war. Touristengruppen schoben sich an den Sex-Shops und den Spielautomatenhallen vorbei, das Ankobern lief auf vollen Touren, für Strip und Getränke zu zivilen Preisen. Es war noch immer heiß, obwohl die Sonne inzwischen tief stand und an Kraft verlor.

Johnny drängelte sich zur Ampel durch, blieb aber plötzlich wie angewurzelt stehen.

Drüben, vor dem St. Pauli-Theater, lungerten lässig die beiden Kids herum. Sie sahen zu ihm hin, und, verdammt, sie grinsten. Halbwüchsige Scheißköpfe! Die Daumen in den Taschen ihrer Jeans, auf den Fußballen wippend, grinsten sie unverhohlen. Und das galt ihm, keine Frage.

Die Ampel war bereits auf Rot gesprungen, aber Johnny spurtete aus dem Stand los. Er kam knapp an den anfahrenden Wagen vorbei, Hupen tönten, irgendwas schepperte, Johnny sprintete weiter. Er sah, daß die Kids das Weite suchten, verteufelt schnell waren. Sie rannten in Richtung Operettenhaus, und Johnny rannte ihnen nach. Scheiße! Sie waren wirklich flink, diese Arschlöcher. Sie flitzten bei dem China-Restaurant um die Ecke, und als Johnny dort war, waren sie nicht mehr zu sehen.

Johnny blieb stehen, atmete tief durch. Sie konnten im Parkhaus sein, sie konnten sich aber auch in einem der Hauseingänge weiter oben verdrückt haben. Konnten ihm dort auflauern und – ja, was schon? Ihn anfallen? Lächerlich. Diese Pisser nicht! Ihn nicht!

Johnny wartete. Die Kids tauchten nicht auf, natürlich nicht. Aber Johnny glaubte jetzt, Bescheid zu wissen. Es war nur irgendwie total abgedreht.

Angenommen, die Kids wohnten in Stephanies Ecke, hatten gesehen, daß er jetzt bei ihr lebte, hatten möglicherweise auch aufgeschnappt, daß sie Johnny zu ihm sagte. Nur, wo? Und warum ließen sie diesen Scheiß-Anruf ab? Warum hängten sie sich an ihn? Was, zum Teufel, wollten sie? Nur ein dämliches Spielchen spielen? Bescheuert, absolut bescheuert! Wenn er sie hätte packen können – na schön. Wenn!

Johnny ging trotzdem noch die Straße ab, hielt reichlich Abstand zu der Häuserfront. Die Kids blieben verschwunden. Ende der Vorstellung. Johnny kehrte um.

Er hatte sich entschlossen, ein letztes Bier zu trinken. Doch dazu kam es nicht mehr. Er lief vor dem *Docks* der Fummeltante in die Arme, Roberta.

«Johnny – Schätzchen! Gottchen, siehst du

elend aus! Ach, ja, sicher – das war hart für dich, ja? Wie lange war's? Eineinhalb? Gottchen, ich würde sterben! Du willst zu Kalle, ja? Du, sag nicht, daß du mich getroffen hast, ja? Ach, bist du verschwitzt! Ich muß noch mal schnell in die Wohnung. Willst du bei mir duschen, Schätzchen? Gottchen, ist das ein grauenhaftes Shirt!»

Johnny hob die Hand und signalisierte Roberta Distanz. Sie war unglaublich aufgetakelt, trug Tigerfell-Leggings und ein, ihre Silikonbrüste kaum verhüllendes, schwarzes Netzteil. Um ihren Hals hatte sie eine daumendicke Falschgoldkette mit einem Nofretete-Anhänger. Ihre Fingernägel waren türkis lackiert, türkis! Herr im Himmel! Und ihr Make-up – nein!

Johnny wandte seinen Blick ab.

«Ich bin in Eile», sagte er. «Man sieht sich.»

«Johnny – Schätzchen, du sagst Kalle nichts, ja? Gottchen, bin ich froh, daß du wieder da bist! Auf dich hört Kalle ja. Ach, ich hätte soviel mit dir zu reden! Nur auf einen Sprung. Ich muß Timo das Essen hinstellen. Gottchen, dieser Junge läuft rum wie verwahrlost, grauenhaft. Er hat jetzt einen Freund, du glaubst es nicht! Draußen in Stellingen, und die Eltern – Gottchen, ich höre ja hin und wieder was!»

«Wo?» Johnny hatte aufgehorcht. «In Stellingen? Dein Brüderchen?»

«Ach, du kannst es dir nicht vorstellen –»

«Fünfzehn, sechzehn, schlaksig, verdreckte Jeans,

Baseballkappe – ja? Herr im Himmel! Und ich hab das Arschloch nicht erkannt!»

«Johnny – Schätzchen! Gottchen, nein – was ist?»

Johnny hatte ihren Arm gepackt und zog sie mit sich.

«Ich denk, dein Brüderchen wird schon zu Hause sein. Ich hab ihn verdammt lange nicht mehr gesehen. Das heißt, eigentlich schon – großartig, daß wir uns getroffen haben, Roberta-Schätzchen! Du bist übrigens beschissen geschminkt, hat dir das heute noch keiner gesagt?»

«Johnny! – Gottchen, du tust mir weh!»

«Timo, dieses Arschloch!»

«Gottchen, nun laß mich! Was redest du da?»

«Nichts. – Was ziehst du denn da für einen Scheiß mit Kalle ab?» Jetzt, wo er sich sicher war, daß er Timo den ganzen Streß zu verdanken hatte, konnte er ja noch ein paar Takte mit Roberta-Schätzchen reden. Zu Brilli wollte sie, seinem alten Kumpel Kalle von der Fahne! Auf's Maul sollte er ihr hauen!

«Gottchen, nein – Johnny! Da ist nichts! Johnny, nun renn bitte nicht so! Gottchen, alle Welt schaut sich schon nach uns um. Ach – nun sieh dir das an!»

Johnny hatte es schon gesehen.

Ein nackter Mann torkelte zwischen den parkenden Wagen herum, in der Rechten einen Revolver.

Johnny blieb stehen und ließ Roberta los.

Der Mann streckte den Arm hoch und gab einen Schuß in die Luft ab.

Einige der in seiner Nähe vorbeiflanierenden Passanten schrien entsetzt auf. Eine allgemeine Panik brach aus. Die Leute flüchteten in die umliegenden Lokale. Aus der Davidswache kamen Uniformierte gestürzt. Johnny mußte unwillkürlich grinsen.

«Gottchen, ist der Mann bestückt!»

Johnny nickte flüchtig. Der Nackte hatte in der Tat einen riesigen Prügel. Weitaus mehr allerdings interessierte ihn, was die Grünen jetzt tun würden. Sie hatten abgestoppt und ihre Walther-Pistolen in Anschlag gebracht.

«Lassen Sie die Waffe fallen!»

«Ich mach euch tot, ich mach euch alle tot!» Zwei weitere Schüsse folgten, nicht mehr ziellos in die Luft.

Roberta stieß einen spitzen Schrei aus und knickte vor Johnny zusammen, fiel aufs Pflaster. Verdammte Scheiße! Johnny beugte sich zu ihr runter.

«Gottchen – mein Bein! Mein Fuß!»

Johnny konnte keine Verletzung entdecken. Hatte dieser Wahnsinnige tatsächlich in ihre Richtung geschossen? Johnny hatte seine Augen bei den Bullen gehabt, in seiner Nähe auch keine Einschläge vernommen.

Er richtete sich wieder auf.

Der Nackte war nur noch etwa zehn Meter von ihm entfernt, drehte sich torkelnd um die eigene Achse und fing jetzt grölend an zu singen.

«Verdammt, ich lieb dich, ich lieb dich nicht...!»

«Arschloch!» schrie Johnny. «Verdammtes Arschloch!»

Der Mann fing sich, stierte zu Johnny hin.

«Hör mit dem Scheiß auf, Mann!» Johnny sah, daß hinter dem Nackten ein stämmiger Blondkopf auftauchte, der von einem Mastino an kurzer Leine vorangezerrt wurde.

Es war das letzte, was er sah.

Der Schuß traf ihn ins linke Auge und riß ihn von den Beinen.

Johnny spürte nicht mehr, daß er auf die zurückkriechende Roberta fiel, die unter seinem Gewicht vollends zusammenbrach.

Es war 20.23 Uhr, und Johnny war tot.

2
DER FRIESE

17.25–20.25 Uhr

Als Johnny telefonisch angedroht wurde, er werde noch heute in die Kiste springen, war der Friese putzmunter.

Er trabte locker neben seiner Jogging-Bekanntschaft Yvonne durch den Sternschanzenpark.

Der Friese war Yvonne an einem der ersten Märztage zum erstenmal begegnet. Sie lief die Runde falsch herum, nahm die sanfte Steigung zum Turm und nicht die längere und wesentlich mühsamere. Tscha nu, jeder wie er lustig war. Er hatte ihr nicht hinterhergesehen. Ein Blick hatte genügt – der athletische Typ. Muskulöse Schenkel, flacher Bauch, kräftige Schulterpartie und wenig Busen. Kurzhaarschnitt, semmelblond. Stirnband und Radlerhose, dünnes Hemdchen. Gut durchgeschwitzt.

Der Friese mochte schwitzende Körper. Nicht bei allen, aber bei einer Sportlerin törnte es ihn echt an. Ließ ihn phantasieren. Schwüle Sommernächte, Ventilator über dem Bett, Beinschere, zerwühlte Laken. Tscha nu, die Bilder verflüchtigten sich schnell wieder. Der Schweißgeruch blieb in der Nase. Sein eigener.

Der Friese lief immer drei Runden, doch Blondie war an jenem frühen Abend offenbar schon nach der ersten ausgestiegen.

Falsch gedacht. Als er auf den Spielplatz eingelaufen war, lag sie da auf dem Rasen und machte Bauchaufzüge. Man hatte sich kurz zugenickt. Moin, Moin, und jeder hatte für sich sein Trainingsprogramm weiter absolviert.

Am nächsten Abend – wieder Blondie. Am dritten Abend – wie gehabt. Nur flüchtiges Nicken, Moin, Moin, eisernes Krafttraining.

Samstags war bei ihm Pause, sonntags ebenfalls.

Am Montag hatte er sie auf der längeren Steigung eingeholt. Sie lief jetzt die Runde, wie es sich gehörte. Ein kleines Lächeln. Man war ins Gespräch gekommen, tscha nu.

Yvonne, ein Name, den er fortan nur zu gern beiläufig aussprach. Yvonne, Yvonne.

Sie war wesentlich älter, als er geschätzt hatte. Einunddreißig. Abgeschlossenes Jura-Studium, keine feste Anstellung. Jobbte in einer Kneipe auf der Grindelallee. Jeden Abend von acht bis frühestens zwei Uhr morgens. War neu in diesem Viertel am Schanzenpark. Sternschanzenstraße, gegenüber der S-Bahn-Station. Zwei Zimmer, total renoviert. Dusche installiert und Küche komplett neu eingerichtet. Alles nebenher. Harte Wochen. Sie hatte sein Mitgefühl gehabt, grundehrlich.

Tscha nu, so lernte man sich schließlich ein bißchen näher kennen.

Jetzt gab der Friese das Kommando: «Spurt!»

Yvonne legte gleich mächtig vor. Zog ab wie nichts. Hatte es immer noch nicht richtig im Griff. Der Friese überholte sie auf den letzten zwanzig Metern.

«Yvonne», sagte er leicht vorwurfsvoll. Sie winkte ab.

«Ich schaff dich schon noch.»

Sie schüttelten die Gelenke aus. Dann legten sie sich ins Gras. Fußsohlen an Fußsohlen. Und hoch mit dem Oberkörper. Die Arme vorgestreckt. Yvonne schwitzte schon wieder ordentlich. Tscha nu, so sollte es sein.

Neunundzwanzig, dreißig. Keine Pause. Die Hände im Nacken verschränkt und weiter. Die nächsten dreißig. Ihr Bauch mußte hart wie ein Brett werden. Sie hielt das von ihm vorgegebene Tempo gut durch.

Aber dann schaute sie auf ihre Uhr und sagte: «Ende.»

«Keine Beinarbeit mehr?»

«Heute nicht. – Du verstehst doch was von Elektrik?»

«Logo», sagte der Friese.

«Hast du noch etwas Zeit?»

«Was liegt an?»

Yvonne erklärte es ihm. Ein Dimmer für die Dekkenbeleuchtung. Sie kam damit nicht klar.

Der Friese nickte ab. Tscha nu, so was ging ihm von der Hand wie nichts. Man machte sich auf den Weg. Vorbei an den palavernden Spaniern. Vorbei an dem Griechen, Klomann im Dammtor-Bahnhof. Die Jugos bolzten auf der großen Wiese. Ein Schwarzer hockte auf der Lehne einer Parkbank und zog sich einen rein. Beste Stimmung überall. Freitagabend. Hohe Temperatur noch. Der Friese dakkelte neben Yvonne her. Freitagabend. Freitagnacht.

Rotierende Ventilatorenblätter unter der Decke. Heruntergelassene Jalousien, kühlblaues Licht. Ein melodischer Song. Eine eiskalte Dose Coke. Kino, tscha nu. Aber warum sollte es nicht einmal so sein?

Der Friese hatte Yvonne nie nach einem Macker gefragt. Wahrscheinlich hatte sie einen. Vielleicht sogar mehrere. Doch sie wohnte allein. Mehr mußte man ja nicht wissen.

Sie erreichten das Haus in der Sternschanzenstraße. Yvonne ging vor ihm die Treppe hoch. Fünfter Stock, letzte Etage. Tür links: «Kaiser». Handschriftlich auf einem Klebebandstreifen. Yvonne schloß auf.

Ein zwei Meter langer Flur, Besenkammer. Wäscheständer. Einfarbige schlichte Höschen, Socken, Shirts und eine Levi's, Handtücher. An der Wand drei Plakate.

Der Friese sah sie sich interessiert an.

Auf einem waren ein Paar ausgelatschte Tennisschuhe. Ein Foto. Das zweite zeigte ein kunstvoll arrangiertes Spaghettigericht. Auf dem dritten Plakat rekelte sich ein nackter Mann an einem Strand, südländischer Typ. Tscha nu. Der Friese sah keinen Sinn in dem Arrangement.

Yvonne war bereits in den links vom Flur liegenden Raum gegangen. Die Küche. Übersichtlich, praktisch. Yvonne zog die Kühlschranktür auf und nahm zwei Dosen Isostar raus.

«Du hättest sie vorher sehen sollen», sagte sie. «Ein einziger Schweinestall. Ist deine größer?»

«Kleiner. Typischer Neubauschnitt. Benutze sie kaum.»

«Wie viele Zimmer hast du eigentlich?»

«Nur eins.»

«Das kann eng werden», sagte sie.

«Zum Pennen reicht's. Wann bin ich schon zu Hause?»

«Auch richtig. Du gehst ja viel raus.»

«Tscha nu.»

Er war spätestens um sieben Uhr morgens auf der Rampe. Gas- und Sauerstoff-Auslieferung, technischer Großhandel. Kleiner Betrieb. Um fünf Feierabend. In den aufgemotzten Ford. Zwanzig Minuten maximal bis in die Bundesallee. Umziehen. Training. Zurück und geduscht. Dann ab, Kneipe oder Kino. Oder auch mal zu Holger hoch und die Modelleisenbahnen laufen lassen. Einmal im Monat ging er zu einer Maja in die untere Osterstraße. Ein fleißiges Bienchen, tscha nu. Das ging aber niemanden was an.

Yvonne drückte die Isostar-Dose an die Stirn, rollte sie kurz hin und her.

«Willst du gleich loslegen? – Der Dimmer soll drüben neben die Tür.»

«Gucken wir mal», sagte er.

Er folgte ihr in ein helles Zimmer. Großes Fenster, zur Straße hin. Eine weiße Schreibtischplatte auf weißlackierten Böcken. Ein vollgepropftes Bücherregal. Ein altes Sofa, mit blauem Samtstoff bezogen. Blanker Parkettboden. Eine aufgeklappte Werkzeugkiste. Der Dimmer, noch originalverpackt.

«Tscha nu», sagte der Friese. «Kein Problem. Dauert aber was.»

«Kann ich helfen?»

«Muß nicht sein.» Ihre Blicke trafen sich. Einen Moment lang lag etwas in der Luft. Der Friese spürte es körperlich. Yvonne offenbar auch. Glaubte er zumindest.

Sie zuckte leicht die Schultern.

«Du bist schon ein merkwürdiger Typ», sagte sie.

Der Friese wußte nicht, was er darauf sagen sollte.

«Einen Groschen für das, was du jetzt denkst», sagte Yvonne noch. Dann ließ sie ihn allein. Tscha nu, es brauchte eben alles seine Zeit. Er hörte sie in der Küche herumhantieren. Wenig später ging sie ins Bad. Klospülung. Die Dusche wurde aufgedreht. Der Friese arbeitete ruhig weiter, roch seinen Schweiß.

Yvonne kam aus dem Bad, huschte auf den Flur und schaute kurz darauf bei ihm rein. Er sah hoch, senkte sofort wieder den Blick. Sie trug nur ein Höschen, rubbelte sich die Haare mit einem Handtuch trocken.

«Wird's?»

«Logo», sagte er.

«Magst du Schafskäse und ein paar Oliven?»

«Tscha nu», meinte er. «Ich hab's gleich.» Sie stand sehr dicht bei ihm. Ein Wassertropfen fiel auf seinen Nacken.

An der Tür klingelte es Sturm.

«Okay, ich mach uns was», sagte Yvonne und ging öffnen.

Eine Frauenstimme, höhere Tonlage. Aufgeregt. Der Friese riskierte einen Blick. Yvonne schnappte sich ein Shirt vom Ständer, zog es sich über. Neben ihr eine Superschlanke, einen Kopf größer als sie. Langes, glattes Haar. Dunkelbraun. Sie trug Jeans-Shorts und ein quergestreiftes Top.

«Dorit», stellte Yvonne vor. «Meine Nachbarin. Das ist Rainer. Aus dem Park.»

«Ich will euch nicht stören», sagte Dorit. «Es ist aus. Eigentlich müßte ich erleichtert sein, aber ich bin's irgendwie nicht. Ich versuche rauszukriegen, was es ist. Sicher, da ist schon noch so was wie Wut. Ich hab ihn zwar angeschrien, aber offenbar bin ich doch nicht alles losgeworden.»

«Rainer bringt mir den Dimmer an», erklärte Yvonne. «Willst du was trinken?»

Der Friese sah sich erst jetzt von Dorit wahrgenommen.

«Was würdest du dazu sagen?» fragte sie ihn. Kam heran und blickte auf ihn herab.

«Dorit», sagte Yvonne. «Rainer kennt die Geschichte nicht.»

«Die ist schnell erzählt. – Ich würde wirklich

gerne wissen, was – Rainer, ja? Sag mal, haben wir uns nicht schon irgendwo gesehen? Wohnst du in der Ecke Osterstraße? Johannes wohnt nämlich auch da.» Sie wandte sich wieder an Yvonne. «Weißt du noch, wie er gleich von zusammenziehen anfing? Da hätte ich schon entschiedener dagegenhalten müssen.»

«Dorit – komm. Laß Rainer das Ding anbringen.»

«Ich hätte auf dich hören sollen. Das ist meine blöde Suche nach so was wie Geborgenheit. Das war schon bei Bernd so. – Ich hab dich schon mal gesehen, ganz bestimmt.»

Der Friese legte einen Zahn zu. Tat voll konzentriert. Yvonne zog Dorit beiseite, warf ihm einen entschuldigenden Blick zu. Tscha nu, man sieht sich dann Montag wieder. Sah nicht so aus, als ob Dorit sie so schnell wieder allein lassen würde. Osterstraße. Ihn überkam Scham. Er hoffte, daß Yvonne nicht irgendwann einmal nachhakte. Er schwitzte jetzt stärker als beim Training. Yvonne war mit Dorit in die Küche gegangen. Der Friese bemühte sich wegzuhören. Es gelang ihm nicht. Dorit redete laut. Johannes. Die Mutter. Befindlichkeit. Alltag. Wunsch. Hoffnung.

Die Stimmen wurden leiser. Plötzlich lachten die beiden Frauen.

Ihr Lachen war ihm unangenehm. Er merkte, daß seine Hände zitterten. Der Schraubenzieher rutschte ab, fiel zu Boden.

Der Friese hielt den Atem an. Jetzt vernahm er nur noch ein Flüstern. Er war sich sicher, daß sie über ihn redeten.

Der Friese hob den Schraubenzieher auf. Er beeilte sich nun noch mehr. Als er fertig war, stützte er sich mit beiden Händen an der Wand ab. Einen Satz Drücken, während in der Küche nach wie vor geflüstert wurde.

«Fertig!» kündete er dann laut an.

Yvonne kam.

«Sorry, Dorit geht's wirklich mies. – Danke, funktioniert ja toll.» Sie hatte den Dimmer ausprobiert, nickte zufrieden. «Willst du dir noch die Hände waschen?»

Dusche. Ventilator über dem Bett. Durchgeschwitzte Laken. Ihr durchtrainierter Körper. Sein Sportprogramm. Abend für Abend. Moin, Moin dann. Man sieht sich.

«Nicht nötig», sagte er.

Das war's also. Er würde sich vorerst nicht mehr im Park blicken lassen.

Yvonne sah ihn fragend an. Eine blonde Kurzhaar-Tussi. Tscha nu. Die Maja in der Osterstraße war auch blond.

«Ist was?» fragte Yvonne.

Der Friese wischte sich die feuchten Handflächen an der Sporthose ab.

«Ich zieh dann ma' ab», sagte er. «Beim Spurt packst du das noch nicht so richtig.»

«Ich glaub, ich sollte Dorit doch wegschicken.»

Der Friese wich ihrem Blick aus. Er drückte sich an ihr vorbei. Yvonne hielt ihn fest.

«Warte», sagte sie. «Dorit! Ich komm später zu dir rüber, okay! Ich hab noch kurz was mit Rainer zu bereden!»

Dorit erschien in der Küchentür.

«Laß dir Zeit», meinte sie. «Ich bleib zu Hause und häng mich vor die Glotze.» Sie winkte lässig und hatte dabei ein blödes Lächeln drauf, zog ab.

Yvonne wartete noch einen Moment.

«Also?» fragte sie dann. «Was ist los? – Gut, ich kann's mir schon denken. Aber ich glaub, es muß mal raus. Setzen wir uns.» Sie ging in das Zimmer, nahm auf dem Sofa Platz.

Der Friese nagte an seiner Lippe. Ihm war unbehaglich zumute wie nie.

«Nun komm – bitte. Wahrscheinlich liegt's sogar an mir. Ich hätte es längst schon ansprechen sollen. – Du hast dich in mich verguckt, ja?»

Unwillkürlich nickte der Friese. Er hatte es nicht verhindern können. Schwieg. Sah Yvonne nicht an.

Yvonne, Yvonne.

«Ja», hörte er sie. «Das passiert nun mal. Ich find dich ja auch in Ordnung. Es macht Spaß, mit dir zu trainieren, und was ich sonst von dir weiß – na ja, das ist in gewisser Weise der Punkt. Du redest nicht gerade viel. Ich weiß eigentlich nicht, wie du lebst, mit wem du sonst zusammen bist, ob es eine Freundin gibt und überhaupt. Du hast mich auch nie in der Richtung was gefragt.»

Der Friese nickte wieder. Umständlich hockte er sich auf den Boden, zog die Beine an, verschränkte die Arme auf den Knien. Tscha nu.

«Ich kann momentan nicht auf Männer», setzte Yvonne neu an. «Sexuell jedenfalls nicht. Das hat überhaupt nichts mit dir zu tun. Es geht einfach nicht. Ich krieg allein schon einen Horror bei der Vorstellung, mit jemandem nur so im Bett zu liegen. Klar, ich weiß schon, was der Auslöser war. Vielleicht wird's ja mal wieder.»

«Was?» fragte der Friese.

«Was gewesen ist?»

«Ja.»

«Die totale Übereinstimmung – dachte ich.» Yvonne schüttelte den Kopf. «Ein Mann, mit dem alles klappte. Wir haben reden können, haben unglaublich viel zusammen unternommen, waren in Urlaub, hatten nie größere Probleme. Wir waren so was von happy, du glaubst es nicht. Ich war es. Der Mann meines Lebens. – Ich brauch einen Schluck Wein.»

Sie sprang auf und kam mit einer bereits angebrochenen Flasche und zwei Gläsern aus der Küche zurück.

«Willst du es wirklich hören?» fragte sie. «Es nervt dich nicht? – Okay.» Sie schenkte ein und stieß mit ihm an. «Rainer. – Du bist wahrscheinlich wirklich ein Lieber. – Also gut. Ich war total verknallt. Das mir, so ein Mann. Ich weiß, daß ich nicht gerade die große Schönheit bin. Aber er fuhr auf mich ab, und ich – es war wahnsinnig intensiv, ich hab manchmal vor Glück geheult. Es war irre, so total harmonisch. Und dann schlag ich eines morgens die Zeitung auf – Gymnasiallehrer Henning B. verhaftet. Mein Henning. Der Mann, von dem ich alles zu wissen glaubte. Der mich liebte. – Er hatte mehrere seiner Schülerinnen sexuell mißbraucht. Zwölf-, dreizehnjährige Mädchen, Kinder. Ich – ich konnte nicht fassen, was ich da las. Die Eltern eines Mädchens hatten ihn angezeigt. Er hatte es ohne Umschweife gestanden. Ein zwanghafter Drang, krankhaft. – Ich hatte dann auch die Kripo im Haus, konnte kaum was sagen. Sie fragten, ob es nicht Anzeichen gegeben habe und wie – wie unser Sexualleben gewesen sei. Ich war völlig weggetreten, wie betäubt.» Sie leerte ihr Glas.

Der Friese setzte seins ab. Er kratzte sich im Nakken. Suchte Yvonnes Blick. Yvonne nickte abschließend.

«Ich hab tagelang nur geflennt. Ich kam nicht damit zurecht. – Okay, das ist es. Verstehst du?»

Er schwieg.

Ihre Lippen zuckten. Als wolle sie noch was sagen. Sie sagte aber nichts mehr. Sie balancierte das Glas auf ihrem Knie.

Nackte Beine. Schöne, kräftige Beine.

Der Friese brauchte lange für den Weg zurück in seine Bude, nahm unterwegs kaum etwas wahr. Er duschte eine Ewigkeit. Rasierte sich. Putzte sich die Zähne. Danach fühlte er sich ein bißchen besser.

Er zog sich an. Dann machte er sich ein Brot, aß es im Stehen. Trank ein Glas Milch dazu.

Tscha nu, irgendwann würde sie darüber hinweg sein.

Er verließ die Wohnung wieder. Stieg draußen in seinen lindgrünen Ford. Cassette rein, und Stoff. Sich volldröhnen. Es war Slade mit «Mama, weer all crazee now», schnell und hart. Genau richtig.

Der Friese bretterte rüber nach Altona. Er parkte vor dem Hochhaus auf dem Bürgersteig und fuhr mit dem Fahrstuhl hoch in den fünften Stock.

Holger war mit dem ersten Klingeln an der Tür.

«Rainer – Alter! Du mußt mir einen Weg abnehmen. Ich kann nicht raus. Meine Ex muß jeden Moment auftauchen. Wenn sie mich nicht antrifft, krieg ich bösen Ärger. Du, paß auf –»

«Wollt nur kurz gucken.»

«Ja, ja – ist ja in Ordnung. Waren wir verabredet? Ist ja auch egal. Paß auf – Davidswache kennst du, ja? Gleich um die Ecke, rechte Seite, ist die *Davidsquelle*, kannst du gar nicht verfehlen. Du fragst nach Angi und läßt dir das Tier geben.»

«Ein Tier –?»

«Du kannst doch gut mit Tieren. – Ein Hund, Alter. Ich hab Angi versprochen, ihn übers Wochenende zu nehmen. Sie hat was vor. Sie kann auch jetzt nicht selbst vorbeikommen. Meine Ex – du verstehst, das gibt nur wieder Zoff. Laß dir Zeit. Ich fürchte, die Alte bleibt 'ne Weile. Am besten, du rufst kurz von unten an – alles klar?»

«Mensch, Holger –»

«Alter, mir brennt der Lokus. Nu mach – *Davidsquelle*, Angi. Wir sehen uns dann. – Ich hab die neue Lok.»

«Tscha nu.»

«Nu komm in die Gänge, ja?» Holger nickte zum Fahrstuhl. Er trug seine weiße Hose. Blaues Polo-Hemd. Roch stark nach Aftershave. Hatte die langen, braunen Haare naß nach hinten gekämmt.

Der Friese kannte Holger seit ewigen Zeiten. Schon vom Dorf her. Holger war einige Jahre vor ihm nach Hamburg. Hatte geheiratet. War wieder geschieden. Seine Ex klagte immer noch irgendwelche Gelder ein. Holger investierte alles in seine Modelleisenbahnen. Fast alles. Tscha nu.

«Na denn – bis gleich», sagte der Friese. «Muß dich übrigens ma' was fragen.»

«Ja, ja – sicher. Aber vergiß nicht – klingel kurz durch. Wenn ich die Alte noch hier hocken hab –» Er trat schon zurück. Schloß die Wohnungstür. *Davidsquelle* also. Eine Angi. Ein Hund.

Der Friese mochte Hunde. Lieber allerdings noch Katzen. Wenn er hin und wieder den Whiskas-Spot sah, wurde ihm ganz warm ums Herz. Die kleinen Katzenkinder. Er hätte gern eine Mietzi um sich gehabt. Ihr das Futter hinstellen. Die Milch. Nach dem Training mit ihr spielen. Papierkügelchen rollen. Mit ihr kuscheln.

Yvonne. Yvonne.

Er sah sie wieder vor sich. Nur mit dem Höschen

bekleidet. Die kurzen Haare mit dem Handtuch trockenreibend. Irgendwie verstand er es doch nicht. Er war wirklich ein Lieber. Ein bißchen streicheln. Die Nasen aneinanderreiben. Ganz sanft. Mehr nicht. Es gab ja da noch die Maja in der Osterstraße. Für alles andere.

Der Friese entschloß sich, den Ford stehenzulassen.

Er ging die Große Bergstraße runter. Er erreichte die Schroederstraße und hielt sich rechts. Es war angenehm warm. Aus der Endo-Klinik kamen Besucher. Vor den Lokalen waren sämtliche Tische besetzt. Fröhliches Lachen. Gläser wurden angestoßen. Eine heitere, ausgelassene Stimmung.

Der Friese bekam einen engen Hals.

Yvonne in ihrer Wohnung. Allein. Nein, sicher schon bei dieser Dorit. Der es so mies ging. Sie war doch schön. Sie brauchte sich nur irgendwo sehen zu lassen. Würde auf der Stelle begehrt sein. Geliebt werden.

Und Yvonne auch. Wurde sie bestimmt. In ihrer Kneipe. Von allen möglichen Gästen.

Der Friese beschleunigte seine Schritte. An der U-Bahnstation wurde er angerempelt. Nach Geld gefragt. Ein übler Geruch stieg ihm in die Nase. Vermengte sich mit dem Geruch dampfender Pizzastücke. Mit dem von Giros und Bratfett. Ein junges Mädchen sprach ihn an. Ein Kind. Wollte es ihm machen. Nannte ihren Preis. Fünfzig Mark.

Der Friese eilte weiter. Er war nie gern auf der

Reeperbahn gewesen. Das war nicht seine Welt. Er besuchte die Ufa-Kinos am Gänsemarkt. Ging in Eimsbüttler Kneipen. Kaufte auf der Osterstraße ein. Oder in der Mittagspause in Barmbek.

Er atmete auf, als er die *Davidsquelle* betrat. Eine gemütliche Kneipe. Ältere Männer wiegten die Köpfe zu einem Freddy-Quinn-Schlager. Hinter dem Tresen ein bärtiger Wirt. Zapfte ein Bier nach dem anderen. Am Ende der Theke eine Frau in einem eleganten Kostüm. Sie wirkte nervös. Sah fragend zu ihm hin.

Der Friese drängte sich zu ihr durch.

«Angi –?»

«Na, endlich! Ich hab gerade noch mal mit Holger telefoniert. Das ist mir einer! Erst große Töne und denn läßt er mich hängen. – Ruhig, Bulli!»

Der Friese schreckte zurück.

Der Hund war ein massiges Tier. Tiefschwarzes Fell. Häßliche, böse Augen. Er fletschte die Zähne, knurrte gefährlich.

«Bulli tut nichts», sagte Angi. Sie riß das Tier hart an der Leine zurück und gab ihm mit der Schlaufe einen Schlag auf das Hinterteil. «Aber alle denken, er ist 'nen Killer, und so soll es auch sein. Nicht wahr, mein Bulli?»

Bulli kläffte kurz. Angi lachte.

«Na, siehst du – Rainer, ja? – So, Bulli, das ist Rainer. Rainer bringt dich jetzt zu Holger, schön brav, ja? Braver Bulli. Und Mami ist Sonntag wieder zurück. Mami fährt ans Meer, ja, ans Meer.» Sie war neben Bulli in die Hocke gegangen, tätschelte seinen Kopf. Seinen breiten Nacken.

Der Friese starrte auf Bulli und Mami herab. Angis Kostümrock spannte über einem ausladenden Hintern. Er fragte sich, was Holger mit der Frau laufen hatte. Angi. Sie richtete sich wieder auf. Drückte ihm die Leine in die Hand.

«Nimm ihn schon mal. Ich geh bis zu den Taxen mit. – Heinzi, meine Tasche!»

Der bärtige Wirt griff unter die Theke. Brachte Angi eine prall gefüllte Umhängetasche und einen Kosmetikkoffer.

«Na, Bulli», meinte er. «Noch 'ne Frikadelle mit auf'n Weg?»

Bulli sprang augenblicklich hoch. Dem Friesen entglitt beinahe die Leine. Angi lachte wieder.

Der Wirt nahm eine Frikadelle aus der Glasvitrine und warf sie Bulli zu. Bulli schnappte, schluckte. Leckte sich die Schnauze.

«Komm!» Angi hatte die Tasche geschultert. Der Friese wurde von Bulli mitgezogen. Das Tier hatte ein unglaubliche Kraft.

Auf dem Weg zu den Taxen fühlte sich der Friese von Angi kritisch gemustert.

«Du kannst Holger sagen, daß ich spätestens so gegen vier bei ihm auftauche. Weißt du Bescheid?»

«Über was?»

«Daß du wartest, bis seine Ex wieder abgeschwebt ist. Hat er mir extra noch mal gesagt. Kennst du die Alte?»

«Nee, nich' so richtig.»

«Das ist auch besser. Eine Pißnelke, sag ich dir. Bombardiert mich mit Anrufen – das ist der reinste Terror. – Was habt ihr für heute abend geplant? Ihr könnt Bulli ruhig allein in der Wohnung lassen. Nicht wahr, Bulli – du guckst dir schön Fernsehen an, ja?»

Sie waren bei den Taxen angekommen.

Angi schob ihre Tasche auf den Rücksitz. Der Friese hielt Bulli kurz.

«Ach ja», sagte Angi. «Noch eins – sag Holger, das Geld kriegt er nächste Woche. Ich hab's ihm am Telefon nicht sagen wollen. Wenn der Typ in Westerland bar löhnen sollte, kann ich ihm Sonntag schon was geben. Aber ich denk mal, er drückt wieder 'nen Scheck ab. – So, Bulli – Mami fährt jetzt. Sei ein Braver, ja?»

Sie tätschelte Bulli ein letztes Mal. Stieg ein. Die Taxe fuhr an. Und Bulli kläffte, wollte dem Wagen nach. Der Friese mußte seine ganze Kraft aufwenden, um ihn zu halten. Er hielt die Leine mit beiden Händen.

Schließlich gab das Viech nach.

Bulli. Ein zentnerschweres Tier. Eine breitarschige Angi. Schuldete Holger Geld. Reiste zu jemandem nach Westerland.

Der Friese dachte sich sein Teil. Tscha nu, das war Holgers Sache. Er wartete noch, bis die Taxe nicht mehr zu sehen war. Wollte dann gehen. Schnell zurück. Diesen Bulli loswerden. Der Hund war ihm nach wie vor unheimlich. Da hörte er einen Schuß.

Der Hund zog.

Der Friese spannte alle Muskeln. Es half nichts. Das Tier arbeitete sich wie ein Bulldozer vor.

Weitere Schüsse fielen.

Mit einem gewaltigen Satz sprang Bulli vor. Der Friese kam ins Stolpern. Die Leine entglitt ihm ein Stück.

Der Friese sah Polizisten. Sie hatten die Waffen gezogen. Zielten auf einen nackten Mann.

Der Nackte schoß.

Bulli war nicht mehr zu halten. Der Friese stolperte erneut. Er fiel. Ließ die Leine los. Sprang gleich wieder auf.

Bulli hatte den Nackten angesprungen. Sich in seinem Arm verbissen. Ein entsetzlicher Schrei. Der Friese erstarrte.

Bulli brachte den Nackten zu Fall. Blut floß. Es war ein furchtbarer Anblick. Der Friese spürte einen harten Griff.

«Den Hund weg! Schaffen Sie den Hund von dem Mann weg! Gott – der bringt ihn um! Los, Mann!»

Der Friese blickte den Polizisten an. Schüttelte fassungslos den Kopf.

«Angi», sagte er.

«Rufen Sie das Tier zurück!»

«Holger», sagte der Friese.

«Mann!» schrie der Polizist. «Der Irre verblutet uns noch!»

Der Friese sah sich jetzt von mehreren Polizisten umstellt.

«Er hat einen getroffen! – Oh, Scheiße, zieht den Hund zurück! Bringt sie auseinander!»

«Yvonne», sagte der Friese. «Yvonne.»

«Was ist mit dem?» hörte er. «Noch ein Verrückter?! – Hey, Mann, hey – hiergeblieben.»

«Der Halter», hörte der Friese. Er riß sich los. Wurde wieder gepackt. An beiden Armen. Martinshörner ertönten. Der Friese nahm alle Kraft zusammen. Ellbogenschläge. Tritte. Die Griffe lockerten sich. Der Friese ballte die Hände. Wirbelte herum. Schlug zu.

Drei, vier Polizisten fielen über ihn her. Ein Knüppel traf ihn am Kopf. Der Friese stürzte in einen tiefen Schacht. Ruderte mit Armen und Beinen. Fiel in rotierende Ventilatorblätter. Er riß die Augen weit auf. Öffnete den Mund. Wollte schreien. Er brachte nichts heraus. Sackte in sich zusammen. Tränen rannen ihm aus den Augen, vor Schmerz.

3

MANFRED

16.37–20.18 Uhr

Erschrecken Sie man nich gleich!» wurde Manfred von Opitz lautstark begrüßt. Der Rentner stand am Straßenrand und scheuchte gestisch einen Fahrer weiter, der den freien Parkplatz ansteuerte. Dann erkannte er, daß die junge Lehmann den Wagen fuhr, und rief auch ihr zu: «Erschrecken Sie man nich gleich! – Ist für den Notdienstwagen!»

«Notdienst? Für wen?» Manfred hatte seine Einkaufstüten fester gepackt und war zu dem Alten hin.

«Schlüsselnotdienst. Ich hab gerade noch jemanden erreicht!» Er sah zu der Lehmann, die quer am Eck parkte. «Da liegt auch kein Segen drauf.»

«Schlüsselnotdienst?» Manfred fiel auf, daß er schon wieder wie bescheuert wiederholte, was der Alte verkündete. Als höre er nicht richtig.

Opitz grinste der jungen Stewardess entgegen. Die Lehmann trug ihr Lufthansa-Kostüm, hatte nichts mit aus dem Wagen genommen. Sie stöckelte heran.

«Was ist los?» fragte sie nicht ohne Schärfe.

«Tachchen, Frau Lehmann. Wenn Sie einen guten Flug hatten – jetzt ist Bruchlandung. Auf unserer Etage ist eingebrochen worden, in alle vier Wohnungen.»

«Scheiße!» fluchte Manfred.

Die Stewardess sah auf die Uhr.

«Mein Versicherungsmann wird schon Feierabend gemacht haben. Na ja, dann muß er eben noch mal raus.» Das kam kühl und routiniert.

Manfred fluchte wieder.

«Tja, das hattet ihr da drüben im Osten nicht», meinte Opitz. «Das muß ratzfatz gegangen sein. Ich war nur mal eben zu Mittag. Stadtschlachterei –»

«Was ist mit der Polizei?» unterbrach ihn die Lehmann.

«Streife war da. Ich hab eine Nummer für alles Schriftliche und –»

«Gut. – Dann kann ich den Schaden schon auflisten.» Sie drehte sich um und ging zum Haus. Manfred schloß sich ihr an.

Die Lehmann hatte keinen Blick und kein einziges Wort für ihn. Er hätte ihr in den Hintern treten können. Eingebildetes Flittchen! Ihr Versicherungsmann! Ja, Scheiße! Von wegen Versicherung. Er hatte keine. Hatte es immer wieder vor sich her geschoben. Und jetzt würde er sich von Karin anschreien lassen müssen. Einbruch! Die Wohnung ausgeräumt! Verdammte Scheiße!

Auf der Etage drängelte er sich an der Stewardess vorbei. Ließ die Einkaufstüte an ihre Wade schlagen.

«Entschuldigung, Herr Krause», sagte sie ironisch. Entschuldigung am Arsch. Er stellte die Tüten an seiner Tür ab und besah sich das Schloß. Es mußte kein neues eingebaut werden. Das konnte er selbst reparieren.

Manfred betrat die Wohnung.

Im Flur fehlte nichts. Es war auch nichts verwüstet.

Aus dem Wohnzimmer aber war der Videorecorder geklaut, die kleine kompakte Sony-Anlage, sämtliche Cassetten und CDs. Die Schubladen des Sideboards waren aufgerissen. Fotoalben lagen auf dem Boden. Die neue Canon hatten sie sich auch gegriffen.

Manfred ging ins Schlafzimmer. Der Radiowekker fehlte.

Die Kleiderschranktür stand offen. Seine schwarze Lederjacke war weg, Karins brauner Wildlederrock und ihre Stiefel! Und alle Gürtel. – Dreckspack! Wenn man die Burschen schnappen würde, sollte man sie aufhängen. Kurzen Prozeß machen. Ab nach Bautzen, hatte es bei ihnen geheißen.

Manfred wußte bereits, was ihn in der Küche erwartete. Das Cassetten-Radio, die teure Wanduhr mit dem versilberten Rahmen.

Genauso war es. Und – er erstarrte. Sie hatten auch die Haushaltskasse gefunden. Karins großartiges Versteck! An die fünfhundert Mark mußten in der alten Olivenöldose gewesen sein.

Manfred ließ sich auf einen Stuhl fallen.

Eine Weile saß er nur da, völlig niedergeschlagen, und konnte nichts denken. Er hörte den alten Opitz erst, als der schon in der Küchentür stand.

«Herr Krause – die Männer vom Schlüsseldienst sind da. Fangen bei mir an. Ich wollt nur Bescheid sagen. Haben Sie schon ’nen Überblick? – Bei mir war ja nicht viel zu holen. Videorecorder war Gott sei Dank nur geleast. Kein Problem mit der Firma. Die bringen mir heute noch nen neuen Apparat. – Tja, das ist der Westen –»

«Aufhängen», sagte Manfred. «An die Wand stellen, erschießen.»

Der Rentner lachte meckernd.

«Da sagen Sie was Richtiges. Aber die kriegen sie nicht. Und wenn doch – vorne rein und hinten gleich wieder raus. So ist das doch. – Tja, also die vom Schlüsseldienst –»

«Brauch ich nicht», sagte Manfred. Er stand auf, fegte die Olivenöldose vom Tisch.

«Oh, oh», meinte Opitz und zog sich zurück.

Manfred hörte ihn auf dem Flur mit den Handwerkern reden. Er hörte auch die hochnäsige Zicke nebenan in ihrer Küche. Sie hatte wahrscheinlich schon alles aufgelistet und noch einiges dazu geschrieben. Versicherung zahlt. Ihr Versicherungsmann! Natürlich würde er gleich zu ihr gewetzt kommen. Täßchen Kaffee, Cognac. Kein Problem, Frau Lehmann. Das regeln wir schon. Dafür ist unsereins doch da. Jederzeit erreichbar. Ein Anruf genügt. Manfred sah Karin vor sich. Er ging zum Kühlschrank, um sich ein Bier herauszuholen.

An die Kühlschranktür war mit einem Stück Tesa ein linierter Zettel befestigt. Manfred riß ihn ab und las: «Manni – mache für Uta heute Nachtdienst. Bin vorher noch bei ihr. Laß mich morgen vormittag durchschlafen. – Karin.» Er zerknüllte den Wisch und warf ihn in den Müll.

Während er das Bier trank, überschlug er den Gesamtwert der gestohlenen Sachen. Er kam auf über zehntausend Mark, grob gerechnet. Keinen Pfennig würde er davon zurückbekommen, nichts. Und sich zudem noch von Karin anscheißen lassen müssen. Auf der Arbeit erzählen konnte er es auch nicht. Nicht versichert? Ha-ha-ha! Typisch Ossi. Kaufen, kaufen, kaufen – und sonst nichts im Kopf. Hier sorgt man vor, Manni. Hier sichert man sich ab! Hier ist ein Einbruch ein Geschenk Gottes. Da macht man schnell noch eine gute Mark dazu.

Wie diese Pißnelke! Die ließ ohnehin nichts anbrennen. Wenn sie zu Hause war, gaben sich die Männer die Tür in die Hand. Hallöchen, hallöchen. Nehmen wir noch einen Schampus, bevor wir zum Italiener gehen. Zum Japaner. Zum Inder. Und später dann Rambazamba in der Bude. Oldies. Schmusesongs. Die ganze Nacht durch.

Verdammt, er konnte sie wirklich in den Arsch – was hieß, laß mich durchschlafen? Sollte er allein mit diesem Scheiß klarkommen? *Wo* steckte Karin? Bei Uta?

Manfred ging in den Flur und schlug das Telefonverzeichnis auf.

Cornelius, Uta.

Er tippte die Nummer ein. Das Freizeichen ertönte. Nach dem dritten schaltete sich der Anrufbeantworter ein: «Sie haben 6-7-5-1-8-4-0 gewählt. Im

Moment ist niemand zu Hause. Bitte hinterlassen Sie nach dem Piepton Ihre Nachricht. Wir melden uns.» – Piep.

«Krause – Manfred. Karin soll anrufen. Hier, bei uns zu Hause. Dringend! Verdammt, ich denke, ihr hockt zusammen – ja, Scheiße, was red ich noch!» Er knallte den Hörer auf.

Draußen auf dem Gang vernahm er die Stimme der Lehmann. Er schlich zur Tür und spähte durch den Spalt.

Die Stewardess hatte ihre Kostümjacke abgelegt. Blütenweiße, kurzärmelige Bluse. Ihr Büstenhalter schimmerte durch.

«Können die Herren dann erst zu mir?» fragte sie.

«Aber klar doch, können wir. – Was ist mit der Wohnung da?»

«Will nicht», hörte Manfred den alten Opitz. «Möchte selbst 'n bißchen basteln. – Wie ist es bei Ihnen, Frau Lehmann? Viel weg?»

«Das kann man sagen. Der Schmuck läßt sich wohl kaum ersetzen.»

Der Schmuck!

Manfred eilte ins Schlafzimmer zurück. Die Nachttischschublade war geschlossen. Er zog sie auf. In der runden und mit Watte ausgelegten Pappschachtel lagen Karins Perlenkette, die Ohrringe und der schmale Goldreif mit dem winzigen Opal. Unberührt. Er ruckte die Lade noch ein Stück weiter heraus und entdeckte vier, fünf verschiedenfarbene Präservative.

Was sollte das?

Er benutzte keine Gummis. Er schlief nur an den absolut sicheren Tagen mit Karin. Irritiert klaubte er ein Präservativ heraus. Er hatte keine Erklärung dafür. Nicht gleich.

Dann aber überkam ihn ein merkwürdiges Gefühl. Eine Mischung aus Wut, Enttäuschung und Schmerz. Wenn Karin im Krankenhaus Nachtdienst hatte, war sie tagsüber zu Hause. Allein. Während er in einem Außenbezirk der Stadt die Post austrug, konnte sie hier tun und lassen, was sie wollte. Und tat es wohl auch.

Er setzte sich auf die Bettkante, fragte sich nach dem Grund.

Mein Gott, sie waren jetzt seit acht Jahren verheiratet. Sie turtelten nicht mehr groß herum, sie stritten sich gelegentlich, natürlich, wer tat das nicht? Aber ansonsten war doch alles in Ordnung. Sicher, manchmal war er vielleicht ein wenig zu herrisch, regte sich wegen einer Nichtigkeit auf. Doch alles in allem kamen sie gut zurecht. Er schlief nach wie vor gern mit ihr.

Verdammt, sie konnte sich über nichts beklagen! Soweit es ihm möglich war, kaufte er für den Haushalt ein. Versorgte sich selbst, wenn sie Spät- oder Nachtdienst hatte. Blieb zu Hause und war nie auf dumme Gedanken gekommen. Nicht ein einziges Mal.

Und sie –? Er konnte es nicht begreifen. Präservative in ihrer Nachttischschublade! Farbige! Ein grellgrünes! Ein rotes! Ein blaues! Er sah sich das in seiner Hand genauer an.

Mit Limonengeschmack! – Ihm war zum Kotzen zumute.

Er warf das Ding in die Schublade zurück, ging wieder in die Küche. Er nahm sich ein weiteres Bier aus dem Kühlschrank, knackte die Lasche und trank die Dose mit großen Schlucken aus. Dann schenkte er sich einen klaren Schnaps ein, kippte ihn.

Er griff sich noch ein Bier.

Draußen im Hausflur werkelten die Schlüsseldienstmänner an der Wohnungstür der Lehmann. Hin und wieder war die Zicke mehrere Tage hintereinander zu Hause. Wußte sicher was. Kriegte durch die dünnen Wände mit, wenn Karin Besuch empfing. Aber wen? Wer benutzte diese Präservative? Wer streifte sie sich über und – er schmiß die noch halbvolle Dose auf den Boden.

Tigerte in dem schmalen Raum auf und ab. Stieß an den Tisch. Wütend hob er ihn an und warf ihn um. Er holte die beiden prallgefüllten Einkaufstüten rein, nahm ein Teil nach dem anderen heraus und schleuderte es irgendwo hin. Schmiß Joghurtbecher, Butter und Käse, Tomaten und Konservendosen. Den ganzen Kram! Die Milchtüten zerplatzten am Herd. Er trampelte auf dem Obst und dem Salat herum, wickelte sich eine Tüte um die Hand und schlug in das Bord mit den Gläsern.

«Ich mach ihn tot!» schrie er. «Ich mach ihn tot!» Er riß eine Küchenschranklade heraus, ließ sie fallen.

«Herr Krause!» hörte er hinter sich. «Herr Krause!» Opitz war schon wieder in der Wohnung. Die Lehmann schaute ihm über die Schulter. «Raus! Raus aus meiner Küche! Verdammtes Pack! – Mit wem fickt sie?! Ihr wißt es doch, ja?! Ihr wißt alles! Alles ganz genau! – Verpiß dich zu deinem Versicherungsarsch, du Fotze! Haut ab, verschwindet! Ja, was glotzt du denn noch, du alter Sack?! – Raus! Raus hier!» Er bückte sich nach einem großen Messer, mußte plötzlich lachen, lachte wie wahnsinnig, als er den Alten zurückweichen sah.

«Polizei», gab die Lehmann noch von sich und war augenblicklich verschwunden.

Polizei, großartig!

«In meiner Wohnung kann ich tun und lassen, was ich will! Jeder tut, was er will! Alle! Hier wird geklaut, hier wird gebumst, hier wird auf den Putz gehauen! Versicherung zahlt! Kein Problem!»

Das Telefon klingelte.

Manfred stürzte in den Flur, riß den Hörer hoch.

«Manni –?»

«Karin – Karin, komm sofort nach Hause! Auf der Stelle! Einbruch! Alles kaputt, alles weg – wo steckst du?! – Ich bring ihn um, ich mach ihn tot! Ich mach euch alle –»

«Manfred – was ist passiert? Was sagst du –?»

«Ich sage –» Er zwang sich, jetzt ganz ruhig zu sprechen. «Ich sage, in unsere Wohnung ist eingebrochen worden. Ich – nein, hör mir jetzt zu, unterbrich mich nicht. Ich sage, sie haben alles mitgenommen, aus allen Zimmern, aus jeder Schublade. Alles, bis auf – hörst du mir zu? – bis auf ein paar Kleinigkeiten in deinem Nachttisch. – Du wirst jetzt umgehend –»

«Nein –!»

«O ja, Karin. Du kommst nach Hause. Hier ist dein Zuhause. Hier werden wir reden. Hier wirst du mir Rede und Antwort stehen –»

«Nein, Manfred – nein! Ich –»

«Was – du? Du wirst mir einiges erklären müssen!»

«Nein, Manfred. Alles gestohlen –?»

«Du hörst mir nicht zu. Ich will –»

Sie hängte ihn ab. Sie hatte einfach aufgelegt. Er wollte es nicht glauben. Hastig klappte er das Telefonverzeichnis wieder auf, wählte neu. Drei Freizeichen. Der Anrufbeantworter schaltete sich wieder ein.

Manfred wartete den Piepton ab, schrie: «Wenn du nicht kommst, hole ich dich» und knallte den Hörer auf die Gabel.

Er atmete tief durch.

Dann nahm er sich eiskalt das Wohnzimmer vor, danach das Bad und zuletzt das Schlafzimmer. Dort riß er alle Kleidungsstücke aus dem Schrank, holte eine Schere und begann mit Karins Unterwäsche.

Im Hausflur war es ruhig geworden. Die Handwerker waren offenbar gegangen. Die Polizei erschien nicht. Warum auch? Er machte keinen Lärm mehr, zerschnitt die Höschen und Hemden, die Strümpfe, die Röcke. Fein säuberlich. Irgendwann fing er an, Quadrate zu schneiden. Er dachte dabei an das Kopfsteinpflaster in Wismar. An seinen Schulweg. An die Lehrer, den Unterricht. Er war ein guter Schüler gewesen.

Seine Gedanken sprangen. Schule und Betrieb. Werkbücherei, Ausleihe.

Karin und ihre selbstgeschneiderten Kleider. Nylons von Verwandten aus dem Westen. Jeans.

Der Abend auf dem Kirchplatz. Ihr erster Kuß. Das erste Mal in der Wohnung ihrer Freundin. Genau geplant. Ohne Gummi. Es war alles sehr schnell gegangen. Aber sie hatten sich noch lange geküßt, immer und immer wieder.

Verlobung. Hochzeit. Fluchtpläne. Republikflucht. Angst.

Doch bleiben. Vielleicht Kinder.

War es das? Daß er entschieden «Nein» gesagt hatte? Erst einmal nicht. Warum sich belasten? Keine ruhige Nacht mehr haben? Sie hatten immer früher raus gemußt. Im Morgengrauen zur Kreuzung. Fahrgemeinschaft. Ein Wagen hatte Vorrang.

Als die Wende kam, hatten sie immer noch keinen gehabt.

Aber jetzt. Einen Fiat Panda. Unter der Woche allein für sie. Für die Fahrten ins Krankenhaus und zurück. Er fuhr mit U- und S-Bahn. Das nahm er auf sich. Das machte ihm nichts aus. Ebensowenig, wie sich freitags mit den Einkäufen abzuschleppen.

Mein Gott, was war es nur? Warum –?

Er stach die Schere in die Matratze und stand auf.

Manfred rief noch einmal bei Uta an. Der Anrufbeantworter war immer noch eingeschaltet.

Er ging zur Wohnungstür und lauschte zur Nachbarwohnung.

Die Lehmann telefonierte. Sie wurde von der Türklingel unterbrochen.

Unten wurde die Haustür aufgedrückt.

Schritte. Männerschritte. Nur eine Person.

«Herr Ströhr – endlich! – Das war eine böse Überraschung. Aber ich denke, wir sind schnell durch.»

«Frau Lehmann – stets zu Diensten. Bitte, nach Ihnen. – Na, dann wollen wir mal sehen –»

Manfred wartete noch einen Moment. Dann huschte er aus der Wohnung und schlich die Treppe hinunter. Karin würde nicht kommen. Das war ihm inzwischen klargeworden.

Er hatte noch etwa dreißig Mark und die Bankkarte in der Tasche.

Auf dem Weg zur Bank entschloß er sich, nicht zu Uta rauszufahren. Er glaubte nicht, daß Karin bei ihr war. Und selbst wenn – sie würden ihm nicht öffnen. Nicht nach dem Telefonat. Er hatte einen Fehler gemacht.

Für Sekunden tat es ihm leid. Das Gespräch. Sein Ausrasten in der Wohnung. Seine Zerstörungswut. Er hatte ein Chaos angerichtet. Der Schaden ging in die Tausende, und niemand glich das aus.

Manfred holte sich achthundert aus dem Bankautomaten. Er wollte nicht an morgen denken, nicht an die nächsten Tage, die nahe Zukunft. Karin betrog ihn, aus ihm unerklärlichen Gründen. Und alle im Haus feixten sich hinter seinem Rücken eins. Der dämliche Postbote, dem von seiner Frau die Hörner aufgesetzt wurden. Das war der Westen. Der freie und wilde Westen. Was zählten hier schon acht Jahre Ehe? Was hieß hier Verläßlichkeit und Treue? Da kam der Erstbeste und versprach das große Abenteuer. Oder auch nur ein kleines. Ein bißchen Spaß, was ist schon dabei? Das muß man sich gönnen. Das braucht der Mensch.

Manfred blieb kurz vor einer Schaufensterscheibe stehen. Er zog den Rotz hoch und spuckte aus. Die Frühjahrsmode. Der Strumpf, der Ihnen die Freiheit gibt. Die Freiheit, sich einem anderen an den Hals zu werfen. Die Freiheit, «Ja» zu sagen. Und «Nein». Wie es gerade paßte. Nein, ich komme nicht nach Hause. Ich erkläre dir nichts.

Manfred steuerte die nächste Kneipe an. Als er sie wieder verließ, kniff er die Augen zusammen. Es war immer noch hell und noch immer heiß.

Er stellte sich an den Straßenrand und hielt nach einem Taxi Ausschau. Schließlich kam eins.

Manfred ließ sich schwer auf den Beifahrersitz fallen.

«Pauli», kommandierte er. «Reeperbahn – Freiheit entgegen!»

«Schon ordentlich einen genommen», meinte der Fahrer. Es war ein verwegen aussehender junger Typ. Tiefbraune Haut, schwarzes, zu langen Locken gedrehtes Haar. Er trug ein T-Shirt mit dem Aufdruck «Heute ist der Morgen danach» und eine engsitzende Lederhose.

Manfred stierte ihn an.

«Fidschi?» fragte er.

«Was –?»

«Wo kommste her?»

«Ach so – nee, nee, nix Ausländer, Chef. Echt Hamburg. – Die Hamburger Hafenmischung. – Min Vadder war 'n Seemann und ging hier ma an Land.» Er lachte fröhlich. «Jamaikaner aus Montego Bay, mehr weiß meine Mutter nicht. Hat aber man kräftig gefunkt. – Ich bin hier geboren und aufgewachsen. Logo, der Schuß von dem Alten liegt drin. Und über mir der Fluch der ‹Lindenstraße›.»

«Hä –?»

«Siehste das nich? – Kaum ein Fahrgast, der nich mit ‹Momo› anfängt. Das ist nu ma mein Schicksal. Ich seh dem Weichei so was von ähnlich, wenn die mal 'nen Double brauchen – ich wär ihr Mann! Aber ich würde auf die Gabi springen, die Zenker – du kennst da gar nichts von?»

«Nicht so», sagte Manfred und machte es sich auf dem Sitz bequemer.

«Na, ich guck das schon. Nicht immer – aber wenn, bin ich gleich wieder tierisch gut dabei. Die gehen schon echt in die vollen. Die ganze Nummer jetzt mit Klausi und den Faschos. Die arme Urschulla – ey, ich war eben kurz bei 'ner alten Freundin. Da kamen wir auch drauf zu sprechen. Terror –

mit Telefonterror fängt die Scheiße an! Denn fliegen Steine und Mollis! Ich sag dir, das hat noch lange kein Ende. Mann, ich duz dich einfach –»

«Is in Ordnung.»

«Ich krieg das auch immer stärker zu spüren. Da gibt's Gäste, die verlangen bei der Zentrale lupenreine deutsche Fahrer – keine Ausländer! Da brauch ich gar nicht erst ankurven. – Mann, ich bin hier zu Hause, ich hab 'n deutschen Paß, zahl verdammt noch mal meine Steuern, und was is? – Hau ab, du verdreckter Ausländer! Und laß ja die Griffel von unseren deutschen Frauen – echt, so furzen die gleich rum! – Mann, ich bin echt Hamburg!»

«Frauen –!» Manfred winkte betrunken ab.

Der Fahrer bemerkte es nicht. Er sah einem Wagen nach, der sie überholt hatte.

«Ja, Mann – Frauen. – Ey, wo genau willst du hin?»

«Freiheit –»

«Große Freiheit? – Okay, denn fahr ich von oben rein. Wenn die Post abgehen soll, is es aber noch 'nen bißchen früh für.»

«Post!» Manfred mußte lachen.

«Ey, was is? – So is es echt. Vor zehn, elf Uhr ist tote Hose. Bist du nich von hier?»

«Bin bei der Post –»

«Ach so – Scheiße. Aber ma ehrlich, 'nen guten Rat. Du hast schon 'nen Lütten drin, okay. Wenn du Druck hast, geh nicht in die Läden auf der Freiheit. Da zocken sie dich ab wie nix, echt. Mach einen auf die solide Nummer – Herbertstraße, ehrlich, Mann. Die Frauen da bescheißen dich nicht.»

«Frauen –», wiederholte Manfred. «Hast du 'ne Frau?»

«Na, logo – immer wieder ma.»

«Immer wieder nur – nur die eine?»

«Nee, immer wieder ma 'ne andere. – Ey, Mann, das ist –»

«Das ist die Freiheit», fiel ihm Manfred ins Wort. «Große Freiheit.»

«Okay, okay – wie du willst. Der Gast hat das letzte Wort.»

«Karin – Karin is auf der großen Freiheit –»

«Alles klar – Große Freiheit – zu Karin.»

Der Fahrer schwieg jetzt, und Manfred nickte und nickte den Kopf.

Er versuchte, den Film zu stoppen, der vor ihm ablief – die verwüstete Wohnung, die Nachttischschublade, ein dämlich grinsender Opitz, die Handwerker im Gang, die Lehmann. Die Lehmann ging in Zeitlupe vor ihm die Treppe hoch. Zog ihre Kostümjacke aus. Er sah sie in ihrer sauberen, weißen Bluse. Sah die Träger ihres Büstenhalters. Sie wandte sich an Karin, und Karin lachte, und beide Frauen zeigten mit den Fingern auf ihn –

Manfred warf es nach vorn.

«Ey, Mann – eingepennt? – Große Freiheit. Macht siebzehn achtzig.»

Manfred drückte ihm wortlos einen Schein in die Hand und stieg aus.

Sie lachten. Sie zeigten auf ihn und lachten.

Er rieb sich die Augen.

Dann zog er los.

Er ging nicht auf die Große Freiheit, er ging zurück, die Reeperbahn hoch. Herbertstraße, ehrlich Mann. Das war ihm im Ohr geblieben. Und er hatte Karin vor sich. Sie allein jetzt.

Es war ihm, als sehe er sie zum ersten Mal.

Sie legte ihm ihre Hände auf die Schultern. Sie sahen sich in die Augen. Waren glücklich.

Der Möbelwagen war gepackt. Sie konnten losfahren.

Karin hatte eine feste Anstellung in ihrem gelernten Beruf bekommen. Krankenschwestern waren gesucht.

Und Hamburg – Mensch, Manni! Du wirst auch eine Arbeit finden. Wir schaffen das. Wir fangen ganz neu an. Auch wenn wir uns erst noch einschränken müssen. Wir schaffen es, wir schaffen es, wir schaffen es. Warum?! – Es ging ihm nicht in den Kopf. Warum war das alles vergessen? Was war passiert?

Er blieb stehen, wurde angerempelt. Ging weiter.

Er spürte, wie betrunken er war. Er merkte, daß er nicht gerade ging, schwankte. «Verdammt, ich lieb dich, ich lieb dich nicht –» Der Schlager ertönte aus einem Lokal. Manfred blickte hinüber.

«Ey – du. Wie ist es mit uns?»

«Was –?»

«Komm mit, ja? Ich mach es uns schön.»

Manfred sah in ein sehr junges Gesicht, in große, dunkle Augen. Das Mädchen lächelte ihn an. Es trug einen silberglänzenden Body und hatte die Haare zu einem Pferdeschwanz gebunden.

«Komm schon. Fünfzig Mark, die hast du doch übrig. Ich mach es wirklich gut. Was du willst.»

«Fünfzig –?»

«Fünfzig – gleich drüben.» Das Mädchen faßte ihn am Arm. Manfred ließ sich mitziehen. «Na, siehst du. Ich bin die Kim, und du?»

«Man – Manni», sagte er.

«Klasse – ich kenn noch 'nen Manni. – So, hier ist es schon. Zimmer zwanzig Mark.»

«Zwanzig –?»

«Klar – Zimmer is extra. Nu komm, du hast doch – na, siehst du, sogar 'nen Blauen. – Ey, Stieli, gib ma auf 'n Hunderter raus. Und gib mir die Achtzehn! Willst du was trinken, Manni? Ein Bier –?»

Manfred nickte nur.

Es ging alles so unglaublich schnell. Eben noch hatte er zu dem Lokal gesehen, und jetzt stand er in einem dämmrigen Raum, sah, wie das Mädchen einen Schlüssel entgegennahm, ebenfalls nickte und eine knappe Geste machte.

«Erster Stock», sagte sie. «Ich geh ma vor.»

In dem Zimmer war es dunkel.

Das Mädchen knipste eine Lampe an, rötliches Licht fiel auf eine schmale Liege.

«Läßt du mir die dreißig noch? Dann zieh ich mich ganz aus – ja? – Okay.»

Der Mann von unten brachte auf einem Tablett eine Flasche Bier, stellte es kommentarlos ab und verschwand gleich wieder.

«Stieli haben sie an den Stimmbändern operiert», erklärte das Mädchen. «Trink ruhig erst ma, ich geh noch aufs Klo.»

Als sie zurückkam, hatte sie nur noch ihren Slip an.

«Du willst fix über, ja? Bist 'nen büschen down – okay. Denn leg dich ma lang.»

Manfred knöpfte die Hose auf, zog sie mit der Unterhose runter.

«Ey, Mann – nee!»

«Was –?»

«Dein Prügel, Mann! – Nee!»

Manfred zog sich weiter aus.

«Nee, du – das laß man ab. Das haut nich' hin mit uns. Da machste mich ja mit tot – nee du, laß. Nee, hör auf – laß die Klamotten an! – Ey, das läuft nicht!»

Sie hielt seinen Arm fest. Manfred schüttelte sie ab.

«Wir schaffen das –»

«Nee, nix da – nu mach keinen Terz! Bleib friedlich, ja? – Du, echt – da krieg ich ja nich mal 'ne Hand rum! Nee, Mann –»

«Manni – Manni, wir schaffen das –!»

«Nu red keinen Scheiß! – Stieli! – Stieli!» Sie schrie, lief zur Tür und riß sie auf. «Stieli! – Stieli!»

Manfred sah den Mann in das Zimmer stürmen und abstoppen. Der Mann krächzte irgendwas.

Dann kam er breit grinsend auf ihn zu, hob beschwichtigend die Hände. Griff nach seinen Schultern.

Manfred senkte den Kopf. Er rammte den Mann an.

Er wußte nicht, warum. Blindlings schlug er auf den Mann ein, hörte ihn schnaufen und wieder krächzen, hörte das Mädchen schreien, schlug und schlug, sah plötzlich etwas in der Hand des Mannes, sah, daß es ein Revolver war und fing nun auch an zu schreien, schrie sich die Lunge aus dem Leib und verspürte mit einem Mal eine ungeheure Kraft, eine Kraft und zugleich eine Leichtigkeit, glaubte sich zu riesiger Größe auseinandergezerrt, brachte mühelos den krächzenden Mann zu Fall, entriß ihm den Revolver, schwenkte ihn wie eine Trophäe, schrie erneut, sah, daß das Mädchen sich an die Wand preßte, starr vor Entsetzen, lachte ein wüstes Lachen und rannte, nun wieder schreiend, rannte nackt aus dem Zimmer, die Treppe hinunter und hinaus auf die Straße.

4
KARIN

17.00–23.10 Uhr

Yes, we're open, sieh mal, diese Karte war damals neu, das offene Brandenburger Tor. Das war für mich so eine Art Motto. Wir sind offen, wir haben nichts voreinander zu verbergen. Ich bin froh, daß ich jetzt wenigstens darüber reden kann. Es ist übrigens das erste Mal. Sicher, kurz danach habe ich schon mit einigen Freunden darüber gesprochen, aber dieses Heft habe ich seitdem nie wieder in der Hand gehabt. – Wir sind offen – ja, wir sind vormittags mit dem Zug nach Berlin, Bahnhof Zoo. Hier, die erste Notiz: ‹Geld wird angeboten. Zum Tausch. Von wem? Für wen? Schwarzmarktatmosphäre. Die Brüder und Schwestern?› – Ich habe euch noch lange so genannt. Die Brüder und Schwestern in der Zone. Ich kann mich gut an die Zeit erinnern, wo man Kerzen ins Fenster gestellt hat. Wiedervereinigung? Kein Gedanke.»

«Küß mich.»

«Ich könnte dich ewig küssen. Wird dir nicht ein bißchen kalt? Willst du dir was überziehen?»

«Laß deine Hand so. – Du hast eine schöne Schrift.»

«Findest du? – Wenn ich nicht in Druckbuchstaben schreibe, werden meine Zeilen nach unten hin immer kürzer. Mein Freund – Daniel –, mein bester Freund, macht darüber seine Witze. Breit loslegen und mehr und mehr an Atem verlieren. Wahrscheinlich hat er recht. Schau, ich habe nur auf der ersten Seite soviel notiert – ‹Feierabendverkehr. West-Taxen dürfen den Flughafen Schönefeld anfahren, aber keine Fahrgäste von Ost nach West transportieren.›»

«Lies mir alles vor.»

«Das ist jetzt nur noch ein Zitat.»

«Bitte.»

«Es gehört zu der Notiz über den Geldtausch. Also gut – ‹Geld – Zahlungsmittel – Münzen, in Klammern Hartgeld, Banknoten, in Klammern Papier. Vermögen – Börsenwesen, Kurswert von gesuchten Aktien. Geld und Gut. Eine Menge Geld haben. Geld abheben. Anlegen, ausgeben› – du, das ist langweilig.»

«Nein – ich höre deine Stimme so gerne.»

«Ich erzähl dir weiter. – Sieh mal, das sind Bilder vom Flughafen Schönefeld. ‹Der größte der vier leistungsfähigen Flughäfen der DDR – verkehrsgünstig, enorm zeitsparend, unmittelbar, direkt –› Schon irre, das heute zu lesen. Und hier, ein Mitropa-Beleg. Zwei Bier – acht siebzig. Da saßen wir direkt am Fenster. Dorit war schon ziemlich geschafft, aber wir haben so rumgealbert. Drei Wochen vorher hatten mich ihre Eltern zu sich nach Hause eingeladen. Da bin ich nach dem Mittagessen auf dem Sofa eingeschlafen, den Kopf in ihrem Schoß.»

«Erzähl mir alles. Wie war das?»

«In dem Flughafenrestaurant –?»

«Den Kopf in ihrem Schoß. Was war das für ein Gefühl?»

«Ich weiß nicht mehr –»

«Und wenn du nicht geschlafen hast? Wenn du dann das Gesicht in ihrem Schoß hattest?»

«Du meinst –?»

«Ja, wie war das für dich?»

«Es hat mich erregt. Es erregt mich sofort, das weißt du doch.»

«Und der Geschmack? Wie war ihr Geschmack?»

«Das erinnere ich nicht mehr, ehrlich nicht. Es ist merkwürdig, ich habe auch keine klare Vorstellung mehr davon, wie es war, wenn wir miteinander geschlafen haben. Wir haben vorher immer viel getrunken. Sie trank nur Bier. Ich habe Bier nie sonderlich gemocht, aber ich habe mich ihr zuliebe umgestellt. Ihr-zur-Liebe! Ich glaube, das war überhaupt der ausschlaggebende Punkt. Daß ich alles ihr-zur-Liebe gemacht habe.»

«Aber du hast sie doch geliebt.»

«Sicher. Sie war schön – ich habe kein Foto mehr von ihr. Ich habe danach alle Fotos zerschnitten. Ich –»

«Was wolltest du sagen?»

«Nichts – ich habe alles, was von ihr war, vernichtet.»

«Erzähl mir das genau – bitte.»

«Also gut, ich – ich habe ihre Augen auf den Fotos durchstochen. – Siehst du, jetzt zuckst du zusammen. Ich habe es gemerkt.»

«Zieh deine Hand nicht zurück. – Mit was hast du sie durchstochen?»

«Du willst alles wissen, ja?»

«Ja. – Ich liebe dich.»

«Ich dich auch. Wenn wir zusammen sind, denke ich, es gibt nur uns auf der Welt.»

«Hast du das auch bei ihr gedacht?»

«Ehrlich gesagt, ja. Anfangs. – Ich habe diese Spicknadeln genommen. Ich habe damit ihre Augen durchbohrt und gesagt – es ist albern, ich weiß. Ich habe gesagt: ‹Ich will, daß du blind wirst.› – Ihre Augen sind das Wichtigste in ihrem Beruf. Blind würde sie nicht mehr arbeiten können. – Ich könnte immerhin noch zurück zum Rundfunk gehen. Musik moderieren. Oder eine dieser Night-Call-Sendungen. Wahrscheinlich wäre ich da sogar der Hit. – ‹Hey, Leute, Mitternacht. Bernie hört euch! Ruft mich an, sagt mir, was euer Problem ist, redet mit mir! Ich bin für euch da, für alles, was euch bedrückt! – Hey, der erste Titel ist für dich, Karin! Du hast dir beim letzten Mal –› Was würdest du dir wünschen?»

«Ich mag immer noch Elvis. – Du hast dir also gewünscht, sie würde blind. Und dann?»

«Ein Foto habe ich in dem großen Aschenbecher verbrannt. Ich hatte damals wieder angefangen zu rauchen. Es war ein Polaroid-Foto. Sie hatte es mir mit einem selbstgebackenen Kuchen geschickt. Mit einer Kurier-Taxe. Unten auf den Rand hatte sie geschrieben: ‹Ich küsse dich!› Ich war so was von gerührt. Ich habe sie gleich angerufen.»

«Weißt du noch, was du gesagt hast?»

«Nicht mehr Wort für Wort. Aber schon, daß ich gerührt bin. Ja, und daß ich glücklich bin.»

«Und sie?»

«Sie mußte in dieser Nacht auch arbeiten. Sie hat mir erzählt, was sie abschließen muß. Es war eine Titelgrafik, ich glaube, für eine Osterausgabe.»

«Hat sie gesagt, sie denkt an dich?»

«Ja. Und daß sie mich tausendmal küßt. – Mein Gott, ich bin wirklich froh, daß ich jetzt so offen darüber reden kann.»

«Du empfindest nichts mehr für sie?»

«Ich habe ihre Fotos verbrannt und zerschnitten. Damit war Schluß für mich. Ich habe sie auch nie wiedergesehen.»

«Und auch nie wieder etwas von ihr gehört?»

«Nein.»

«Hattet ihr keine gemeinsamen Freunde?»

«Einen. Aber bei dem hat sie sich auch nie mehr gemeldet. – Komm, laß uns weiter die Bilder von der Reise ansehen. – Das ist nur die Karte, die Flugroute. Berlin – Damaskus – Dubai. Da hatten wir eine Zwischenlandung. Schau, das ist eine Seite aus dem Duty-Free-Shop-Angebot. – ‹Aufgehende Sonne über der Wüste. Gebirgszüge.› Die einzige Notiz. – Oh, ja – das lese ich dir ganz vor. Die Ankunft in Singapur. 17.30 Uhr. – ‹Die Ankunft verlief glatt und anscheinend mühelos, und kurz nach dem Aussteigen standen wir in einer großen und peinlich sauberen Abfertigungshalle. Zusammen mit den anderen Fluggästen gingen wir zu den Schaltern der Einwanderungs- und Zollbehörde. Alles hier wirkte großzügig und gut durchplant. Wir waren beeindruckt. Dann gingen wir durch die große Halle nach draußen. – Airport Singapore. Ich nahm die Atmosphäre in mich auf. Vor den Gebäuden wimmelte es nur so von Menschen. Die meisten von ihnen schienen chinesischer Abstammung zu sein. Ein paar Frauen trugen Saris und ein paar Männer anscheinend malayische Kleidung, aber die meisten trugen weiße Hemden, die lose über ihre Hüften fielen –›»

«Bernd –?»

«Ja?»

«Küß mich noch einmal.»

«Hu – manchmal habe ich das Gefühl, du verschlingst mich. Hab ich dir schon gesagt, daß du einen irrsinnig großen und wahnsinnig schönen Mund hast?»

«Ja – sag es noch mal.»

«Einen irrsinnig großen und wahnsinnig schönen Mund hast du. Und wunderbar weiche Lippen.»

«Ihr seid abends angekommen?»

«Ja – halb sechs abends. Edith hatte uns gesagt, wir sollten ein Taxi nehmen. – Schau, das sind die Fotos, die ich während der Fahrt gemacht habe. Ein wahnsinniger Verkehr. Da – der erste Blick auf die Skyline. Und hier – ja, das ist eine von den Tonbandabschriften. Der gute Lim, der bei Edith im Studio arbeitete. – ‹Wir sind eine kleine Nation von nur zwei Millionen Menschen, und fünfundsiebzig Prozent von uns sind Chinesen. Wir haben hier großen Reichtum, aber auch große Armut, obwohl sie nicht annähernd so schlimm ist wie in anderen asiatischen Ländern. Ich nehme an, daß Singapur nach Japan so gut dasteht wie kein anderes Land, in Asien, meine ich. Wir sind der wichtigste Hafen in Südostasien, zumindest glauben wir das, und unsere Wirtschaft beruht in erster Linie auf diesem internationalen Handel, auch wenn wir in der Industrialisierung Fortschritte gemacht haben.›»

«Ist der Hafen größer als der Hamburger?»

«Du sagst immer noch ‹der› und nicht unserer – das fällt mir nur gerade wieder auf. Das dauert wahrscheinlich noch. – Nein, nicht größer als unserer und längst nicht so interessant. Ich habe ihn mir nur kurz angesehen.»

«War Dorit nicht mit?»

«Nein, da hatte es schon angefangen. Wenn ich ehrlich bin, muß ich sagen, es zeichnete sich gleich am ersten Abend ab. Ich habe es nur nicht richtig wahrgenommen. – Wir kamen bei Edith an – hier, das ist das Haus, eine riesige Anlage. Nob Hill, 21 Ewe Boon Road. Die Einbahnstraße. Die Palmen vor dem Tor. Die Aussicht vom Balkon aus auf den Swimmingpool. Da rechts, auf einer der Liegen, habe ich meistens gelegen. – Edith war gerade aus dem Studio zurück. Sie war unglaublich aufgekratzt, hatte sofort einen Draht zu Dorit. Sie führte uns durch die Wohnung, zeigte uns unser Zimmer, und dann gab es einen Drink. Dorit trank ihr Bier, ich habe Cola getrunken. Wir haben erzählt, und dann sind wir in die Stadt zum Essen gefahren. Saßen draußen auf der Straße – mein erstes original malaysisches Gericht. Saaty-Spieße. Das sind Spieße mit Hühnerbrust, Rinderfilet und Lammfilet. Mit Chilis, Schalotten, Knoblauch, Ingwer und natürlich vielen Gewürzen. Ich zeige dir nachher, wie sie zubereitet werden. – Also, es wurde spät, und als wir dann nach Hause kamen, in Ediths Wohnung, war ich hundemüde. Die Zugreise, der Flug, die Zeitumstellung. Ich war einfach fertig. Ich bin ins Bett gegangen, aber Dorit blieb noch auf.»

«Mit Edith?»

«Nein, Edith ist gleich nach mir ins Bett. Dorit blieb allein auf. Irgendwann in der Nacht merkte ich, sie hat sich hingelegt. Eine Armlänge von mir weg, ganz an den Rand, mit dem Rücken zu mir.»

«Wie habt ihr sonst geschlafen?»

«Eng aneinander. Und nackt. – Ich konnte sehen, daß sie ein Shirt trug. Dann bin ich wieder eingeschlafen, und am nächsten Morgen habe ich mich zu ihr hingeschoben.»

«Wie spät war es da?»

«Neun, halb zehn.»

«Und wann ist sie ins Bett gegangen?»

«Ja, ich weiß, worauf du hinauswillst. Aber ich habe sie nicht geweckt. Ich wollte ihr nur nahe sein, ihren Körper spüren.»

«Und das hast du dann?»

«Nein, sie hatte das Laken ganz eng um sich gezogen. Ich wollte nicht daran herumziehen. Dabei wäre ich mir albern vorgekommen. Ich habe es aufgegeben.»

«Bist du aufgestanden?»

«Ich mußte pinkeln.»

«Und weiter – ?»

«Ich habe mir die Zähne geputzt und habe mich wieder hingelegt.»

«Weißt du noch, was du gedacht hast?»

«Ja – ich habe gedacht, jetzt bin ich also in Singapur, zu Besuch bei einer alten Freundin, und ich bin vierzehn Tage mit Dorit zusammen. Wir machen Urlaub, wir werden viel sehen und erleben. Wir haben noch genügend Nächte vor uns.»

«Um miteinander zu schlafen?»

«Ja.»

«Auch tagsüber?»

«Ja, sicher – wann immer wir Lust hätten.»

«Und an diesem ersten Morgen hattest du Lust?»

«Ja und nein. Ja, ich hatte schon, aber es war nicht so, daß ich nur daran gedacht habe. – Der erste Urlaubstag ist für mich immer etwas Besonderes. Ich bin irgendwie aufgeregt, neugierig. Wenn man ankommt, ist alles noch fremd. Man kennt sich nicht aus. Ich war Jahre vorher mal mit einer anderen Freundin und gemeinsamen Freunden in Italien. In Talla, in der Toscana. Da bin ich auch am ersten Morgen früh wach geworden und bin leise aufgestanden. Ich bin in die Küche gegangen, habe mir einen Kaffee gemacht und bin damit auf die Veranda.

Dann habe ich mich ein bißchen umgesehen. Als ich zu Angela – so hieß die damalige Freundin – in unser Zimmer zurückkam, war sie inzwischen munter. Es war völlig harmonisch und auch irgendwie selbstverständlich, daß wir dann miteinander geschlafen haben. Ohne große Worte.»

«Das hast du dir auch mit Dorit gewünscht?»

«Ja.»

«Und wie ging es weiter?»

«Sie schlief und schlief. Ich glaube, es war schon Mittag, als ich schließlich endgültig aufgestanden bin.»

«Du warst enttäuscht?»

«Ich war sauer. Ich hatte Kaffeedurst, ich hatte Hunger, und ich wollte auch raus, die Stadt sehen.»

«War Edith schon auf?»

«Längst. Sie mußte ja zur Arbeit ins Studio. Aber sie hatte uns noch den Frühstückstisch gedeckt. Gut – ich habe also gefrühstückt, ich habe die Zeitung gelesen. Ich habe Tee aufgegossen. Und dann erschien Dorit.»

«Was hat sie gesagt?»

«Sie hat mich flüchtig geküßt und sich über den heißen Tee gefreut. Dann hat sie sich den Reiseführer vorgenommen.»

«Und du?»

«Ich habe geschwiegen. Ja, ich habe schon signalisiert, daß mir das alles nicht gefiel. – Mein Fehler war schon, daß ich nichts gesagt habe. Ich weiß. Aber was hätte ich auch sagen sollen?»

«Daß du Lust auf sie hattest.»

«Es war ja nicht nur das.»

«Aber auch.»

«Ich habe es erst am dritten Tag gesagt. Als sich die Abläufe wiederholt hatten. Spät nach mir ins Bett, in das Laken eingewickelt und bis Mittag geschlafen.»

«Wie hast du es gesagt?»

«Ich habe sie gefragt, was los ist. Was sich bei ihr verändert hat. – Die Antwort hat mich erschreckt. Dorit sagte, sie fühle sich von mir eingeengt. Ich lasse ihr keinen eigenen Raum.»

«Hast sie noch mehr gesagt?»

«Ja. – Sie verstehe schon, daß ich mit ihr schlafen wolle. Aber so könne sie nicht. In Hamburg sei das mit uns anders gewesen.»

«Wie?»

«Na ja, es war hier so, daß mehr oder weniger sie die Zeiten setzte. Sie rief an und wollte, daß wir uns sehen. Und das hieß immer, wir gehen aus, wir gehen ins Kino, wir trinken was und – wir schlafen miteinander. Wir gingen jedesmal zu mir. Ich habe nicht eine Nacht bei ihr verbracht.»

«Warst du nie in ihrer Wohnung?»

«Doch, das schon. – Aber nie in ihrem Schlafzimmer.»

«Aber du hast es gesehen?»

«Nein – das ist mir alles erst nach und nach aufgegangen. Daß es bei ihr Bereiche gab, zu denen ich keinen Zutritt hatte.»

«Kommst du deshalb lieber zu mir?»

«Ich glaube, das hat damit nichts zu tun. – Das Telefon. – Kann das für dich sein? – Warte, nimm das Buch. – – – Ja? – – – Es ist für dich.»

«Ja? – – – Wann? – – – Ja, gut – danke. – – – Nein – und wenn – – – Ja, dir auch. Bis dann. – – – Manfred hat bei Uta angerufen. Ich muß ihn kurz zurückrufen.»

«Glaubst du, er weiß etwas?»

«Das hat Uta mich auch gefragt.»

«Und?»

«Und wenn – es ist mir egal. Selbst wenn ich mit ihm rede, wird er es nicht verstehen.»

«Wirst du mit ihm reden?»

«Ich weiß nicht. Im Moment jedenfalls nicht.»

«Aber du mußt ihn jetzt anrufen.»

«Ich möchte, daß wir uns erst noch lieben.»

«Wird es dann nicht zu spät werden?»

«Nein. – – – Halt mich ganz fest.»

«Ich liebe dich.»

«Ja – – – komm. – – – Sieh mir in die Augen.»

«Ich sehe in deine Augen.»

«Hast du dabei in Dorits Augen gesehen?»

«Bitte – jetzt nicht mehr.»

«Ich würde gern mit dir verreisen.»

«Sag jetzt nichts.»

«Ich möchte alles von dir wissen.»

«Du weißt schon alles.»

«Könntest du mich schlagen?»

«Nein – nie.»

«Auch nicht, wenn ich es will?»

«Nein – bitte, sag jetzt nichts mehr. – – – Wie kommst du darauf?»

«Hattest du nie den Wunsch, Dorit zu schlagen?»

«Doch – ja.»

«Und wie hättest du sie geschlagen? Ins Gesicht?»

«Ja – aber nur einmal. – Bitte –»

«Drehst du dich um – ?»

«Ja – warte. – – – Halt dich fest. – – Ja.»

«Sieh mich an.»

«Du bist schön.»

«Beweg dich nicht. – Bleib ganz ruhig so liegen. – Ja, so.»

«Ich liebe dich.»

«Nicht bewegen.»

«Was machst du da – ?»

«Bleib so – bitte.»

«Karin – ?!»

«Ruhig – – – Manni – ? – – – Manfred – was ist passiert? Was sagst du – ? – Nein – ! – – – – – – Nein, Manfred – nein! Ich – – – – – – Nein, Manfred. Alles gestohlen – ? – – – Ich spüre dich nicht mehr.»

«Das – das ist verrückt.»

«Warum schließt du die Augen. – Sieh mich an.»

«Warum hast du das getan?»

«In unsere Wohnung ist eingebrochen worden. Er will, daß ich nach Hause komme.»

«Bitte – es geht nicht mehr. – Komm, leg dich zu mir.»

«Liebst du mich jetzt nicht mehr?»

«Karin, ich – du hast gesagt, alles gestohlen – ?»

«Das hat er gesagt. Daß sie alles mitgenommen haben.»

«Das ist ja furchtbar –»

«Ich will jetzt nicht daran denken.»

«Das kannst du – ?»

«Ich habe Durst.»

«Karin, das ist – ich kann nicht so darüber hinweggehen. Das ist mir unheimlich. Ich meine, dein Mann –»

«Ich will nicht über Manfred reden.»

«Ich stelle mir nur vor, wie ihm zumute ist. – Was hat er denn noch gesagt?»

«Holst du uns was zu trinken? Du wolltest uns einen Singapore-Sling mixen.»

«Ich bin irgendwie – irgendwie kann ich das nicht so wegstecken. Es ist – ich fühle mich nicht wohl bei dem Gedanken, daß – ehrlich gesagt, du machst mir ein wenig angst.»

«Weil ich Manfred in dem Moment angerufen habe?»

«Ja, und auch, wie – wie du damit umgehst.»

«Ich will alles von dir wissen.»

«Wie ich in so einer Situation reagiere? – Ich bin mehr als nur erschrocken.»

«Was hast du gedacht?»

«Daß – daß du wahnsinnig bist.»

«Wirst du das deinen Freunden erzählen – Daniel?»

«Nein – doch, vielleicht ja. Wenn überhaupt, dann nur Daniel.»

«Daniel weiß von mir?»

«Ja.»

«Was hast du ihm von uns erzählt?»

«Wie ich dich kennengelernt habe?»

«Wie es war, mit mir zu schlafen. – Hast du gesagt, ich habe mit ihr geschlafen oder hast du es anders gesagt?»

«Ich habe gesagt, daß ich mit dir im Bett war.»

«Und weiter?»

«Daß ich mich in dich verliebt habe.»

«Hast du ihm beschrieben, wie ich aussehe?»

«Ja.»

«Sag es mir.»

«Karin – ich krieg deinen Mann nicht aus dem Kopf. Glaubst du, er weiß was von mir?»

«Mit was hast du angefangen? Mit meiner Haarfarbe – ?»

«Damit, daß du verheiratet bist. Karin – ?!»

«Und Daniel hat nicht wissen wollen, wie ich aussehe?»

«Doch, natürlich. Karin, laß uns jetzt bitte damit aufhören.»

«Ich habe Uta erzählt, daß deine Haut sehr glatt und weich ist. Daß du sehr forsch auftrittst, eigentlich aber doch schüchtern bist. Ich habe ihr erzählt, daß du beim Rundfunk warst und jetzt als freier Fotograf arbeitest, gut Geld verdienst, großzügig bist und auf blonde Frauen stehst.»

«Karin – !»

«Die Lehmann ist blond.»

«Ja, Anita ist blond, aber Dorit nicht und du auch nicht. – Ist nur bei euch eingebrochen worden?»

«Ich weiß nicht. Denkst du an Anita?»

«Nein. Ich denke aber, du solltest nach Hause fahren. Mich beunruhigt das alles enorm.»

«Mit der Lehmann hattest du es einfacher.»

«Karin, ich mag jetzt wirklich nicht mehr. – Was heißt einfacher? Im Vergleich zu Dorit? – Das läßt sich nicht vergleichen. Mit Anita hatte ich ausschließlich Sex.»

«Ja, das hat sie mir auch gesagt.»

«Ihr habt über mich geredet? – Du, das höre ich jetzt zum ersten Mal! Hast du damit angefangen?»

«Nein, sie. Sie hat irgendwann einmal mitgekriegt, daß du bei mir warst.»

«Und was hat sie gesagt?»

«Daß du sie nach mir ausgefragt hast.»

«Nicht ausgefragt. Ich habe mich nur erkundigt, ob ihr euch näher kennt.»

«Einmal habt ihr euch in der Küche geliebt. War das Absicht?»

«Karin, ich finde das jetzt wirklich nicht mehr gut. Dieser Anruf bei deinem Mann, der Einbruch – ich komme mit der Situation im Moment nicht richtig klar. Und ich glaube auch, dein Mann weiß etwas –»

«Könnte ich zu dir ziehen?»

«Du meinst, wenn du dich von ihm trennst?»

«Wenn ich nach Hause fahre und ein paar Sachen packe –»

«Das wird wohl kaum so einfach ablaufen. – Natürlich kannst du hier wohnen. Ich würde mir nichts mehr wünschen. Aber ich denke, er –»

«Er kann mich nicht einsperren.»

«Nein, aber wenn es zur Scheidung kommt, bist du die Alleinschuldige. Ich kenne mich da zwar nicht genau aus –»

«In dem Sinn bin ich ohnehin schuldig. Ich habe ein außereheliches Verhältnis mit dir. – Würdest du mich eigentlich heiraten wollen?»

«Darüber habe ich, ehrlich gesagt, noch nicht nachgedacht.»

«Aber darüber, mit mir zu leben – ?»

«Ja, weil ich dich liebe.»

«Küß mich – – nein, küß meine Brüste.»

«Karin – !»

«Küß sie –»

«Karin, ich kann wirklich nicht mehr.»

«Du kannst – – warte –»

«Karin – nein. Es geht nicht, es hat keinen Sinn. Ich bin verkrampft. Mein Kopf ist – laß es, bitte.»

«Ich mag deine Haut. Denk an nichts mehr. Ich möchte dich noch einmal spüren. Schließ die Augen. Entspann dich – bitte. Bleib einfach so liegen. Du hast Urlaub. Du hast Zeit. Es ist warm. Ich bin bei dir. Ich liege neben dir. Ich streichle dich. Laß die Augen geschlossen. Du mußt nicht – – – – tut das gut?»

«Ja –»

«Ja, ruhig – – – ganz ruhig.»

«Karin –»

– – – – –

– – – – –

«Mein Gott – ich bin tief eingeschlafen. Wie spät ist es – ?»

«Kurz vor elf –»

«Was – ?!»

«Ich habe auch geschlafen. – Es war schön.»

«Mein Gott, ich war so was von weg. Das ist mir schon lange nicht mehr passiert. – Ich hole uns was zu trinken.»

«Laß dir Zeit. Ich schau mir noch weiter die Fotos an.»

«Sollen wir das nicht ein andermal?»

«Hast du das Singapore-Sling-Rezept hier auch irgendwo notiert?»

«Ja, weiter hinten – bei den Bildern vom *Raffles*, dem Hotel –»

«Ich finde es schon. – – – Du hast ja doch noch ein Foto. Ein Foto von Dorit.»

«Nein – das kann nur Edith sein!»

«So hast du mir Dorit beschrieben.»

«Unmöglich – warte. Einen Moment.»

«Sie ist sehr schön.»

«Das ist – tatsächlich. Ja, das ist –»

«Nein, reiß es nicht raus. Was ist das für eine Tafel, vor der sie steht?»

«Das war – ja, das war in Malacca. – Das wußte ich

nicht mehr. Ich war fest überzeugt, kein einziges Bild mehr von ihr zu haben. Malacca – ja, natürlich. Das habe ich total vergessen.»

«Daß du sie da fotografiert hast?»

«Ja, das war – laß mich mal kurz zurückblättern. Ja – das war in der zweiten Woche. Mittwoch. Wir sind mit dem Bus nach Malacca und am nächsten Nachmittag zurück.»

«Ihr habt in Malacca übernachtet – ?»

«In einem Hotel, ja.»

«War es zwischen euch besser geworden?»

«Wir hatten inzwischen mehrere lange Gespräche, gute Gespräche. Ich hatte verstanden, was ihr zu schaffen machte. Es war mehr ihr Problem. Bei zu großer Nähe hat sie Angst, völlig vereinnahmt zu werden.»

«Ihr hattet immer noch nicht wieder miteinander geschlafen?»

«Nein –»

«Ich schlafe wahnsinnig gern mit dir.»

«Ja, ich auch mit dir. Aber –»

«Was?»

«Karin, es ist wieder da. Ich werde die Gedanken an deinen Mann nicht los. Ich stelle mir vor, ich wäre an seiner Stelle –»

«Und –?»

«Er muß sich beschissen fühlen.»

«Er liebt mich nicht mehr.»

«So genau weiß man das nie.»

«Liebst du Dorit noch?»

«Nein. – Sie hat nach Singapur von einem Tag auf den anderen jeden Kontakt abgebrochen. Ohne irgendeine Erklärung. – Was wirst du denn deinem Mann sagen, nachher oder morgen?»

«Daß ich ein Verhältnis mit dir habe.»

«Er wird fragen, wie es dazu gekommen ist.»

«Nein, er wird mich schlagen.»

«Er wird bestimmt fragen –»

«Er wird mich prügeln und mich dann um Verzeihung bitten.»

«Und dann?»

«Ich werde meine Sachen packen und gehen.»

«Ohne ein Wort gesagt zu haben? – Das finde ich nicht gut. Genau das hat mir damals wahnsinnig zu schaffen gemacht. Du, ich habe monatelang keine Nacht durchschlafen können. Ich war ständig schweißgebadet, und ich habe bei meiner Arbeit kaum einen klaren Gedanken fassen können.»

«Und dann hast du Dorit gehaßt –»

«Ja, dann endlich.»

«Du hast ihre Augen auf den Fotos durchgestochen und alle Bilder verbrannt – bis auf das hier.»

«Ich will es nicht mehr sehen.»

«Du warst auch soweit, daß du sie hättest schlagen können. – Manfred schlägt mich, sobald ich zurück bin.»

«Schlimm genug. – Was soll das jetzt?»

«Es ist egal, was ich sage. Er läßt seine Wut an mir aus, und dann wird er sich wünschen, daß alles wieder wie vorher ist.»

«Aber das ist es nicht. – Bin ich wirklich dein erster Liebhaber?»

«Nein.»

«Nein –?!»

«Nein. – Bevor wir endgültig rüber sind, hatte ich kurz was mit einem Arzt.»

«Das – das hast du mir nie erzählt.»

«Es ging nur ein paar Monate. Während ich hin- und herfuhr. Es ist nicht der Rede wert.»

«Ehrlich gesagt, ich bin – ich verstehe dich nicht ganz.»

«Was verstehst du nicht?»

«Also zum einen, daß du das jetzt so beiläufig erwähnst –»

«Du hast mich vorher nie gefragt. – Es hat auch keine große Bedeutung.»

«Für mich schon. – Hat dein Mann davon erfahren?»

«Nein.»

«Wie bist du dir denn dann so sicher, daß er dich schlägt?»

«Er dreht schon bei Kleinigkeiten schnell durch.»

«Das heißt noch nicht, daß er bei dir gewalttätig wird.»

«Ich weiß, daß er mich schlagen wird.»

«Hat er dich denn schon einmal geschlagen?»

«Nein.»

«Na, siehst du. – Also, ich würde sagen, du gehst jetzt –»

«Willst du mich loswerden?»

«Nein, Karin, aber ich halte es für vernünftiger. Sieh mal, bei euch ist eingebrochen worden, und dein Mann hat zudem den Verdacht, daß du ihn betrügst. Das ist alles andere als leicht –»

«Du schickst mich weg.»

«Ich schicke dich nicht weg. Ich sage nur –»

«Ich will nicht vernünftig sein.»

«Früher oder später wirst du es sein müssen. Mit uns geht das auch nicht so weiter. Wenn ihr euch trennen solltet –»

«Riechst du das?»

«Was –?»

«Es riecht, als sei was angebrannt.»

«Nein – – – doch, du hast recht. Merkwürdig. – Also, was ich sagen will –»

«Willst du nicht nachsehen?»

«Ja, gleich. – Ich meine, es muß schon einmal alles geklärt werden. Und zwar von dir. – Tatsächlich, das riecht stark verbrannt. – Warte –»

– – – – –

– – – – –

«Uta – ? – – – Ja, ich habe Manfred angerufen. Er weiß Bescheid. – – – Ach, ja? – – – Ja, ich bin noch bei Bernd. – – – Nein, ich breche jetzt auf. – – – Nein, ich glaube, es ist vorbei. Ich fahre erst einmal nach Hause. – – – Ja, das wird mir bevorstehen. Aber ich werde ihn beruhigen können – – – Nein, ich glaube nicht, daß es mit Bernd noch weitergeht – – – Nein, nein, kein Streit – wirklich nicht – du, ich melde mich von zu Hause noch mal – – – Bis nachher.»

«Karin! – Karin! – Du, zieh dich schnell an! – Gib mir meine Hose rüber! – Es sieht so aus, als ob es auf dem Dachboden brennt. – Ruf bitte die Feuerwehr an, ich glaube, eins-eins-zwei oder eins-eins-null, die Polizei! – Ich lauf noch mal hoch. Die oben sind verreist – Scheiße, ich hab mein ganzes Archiv auf dem Speicher! Sämtliche Negative! – Ruf an, ja! – Und sag auch im Haus Bescheid – – –»

«Bernd – ?»

«Ja – ? – Bitte, mach! Das sieht ernst aus!»

«Bernd, ich geh dann –»

«Ja, aber ruf die Feuerwehr an, ja? – Wir telefonieren. – Scheiße, das hat mir gerade noch gefehlt! – – – Eins-eins-zwo! – Und beeil dich! Klingel bei den Nachbarn! – – – Scheiße, hoffentlich bin ich nicht allein im Haus!»

5
SVEN

20.24–23.16 Uhr

Sven schlürfte den Rest seines Schokoshakes, stopfte den Abfall brav in den dafür vorgesehenen Behälter und verließ das *McDonald's*. Obwohl er sich einen Big Mac, zwei Cheeseburger und eine große Portion Fritten eingeschoben hatte, verspürte er noch Hunger. Aber er hatte für den Scheißdreck sein letztes Geld rausgetan.

Da es ihm zu blöd und mittlerweile auch zu risikoreich war, auf der Meile die «Hasse-ma-ne-Mark»-Nummer abzuziehen – beim letzten Mal hatte ihm ein besoffener Touri auf die Jeans gekotzt und gelallt: «Da kannst mich so was von am Arsch lecken» –, entschied er sich, Tina und seine bei ihr deponierte Klampfe abzuholen. Er hatte die Griffe einiger Dylan-Songs drauf und immer noch eine ganz passable Stimme. Mit Klein-Tina – ein mageres, aber irgendwie doch ganz ansehnliches Ding – konnte man auf der Linie U 2 relativ easy ein paar Mark ziehen. Also schob er los – auch in der Hoffnung, unter Tinas Kopfkissen noch eine «Lila Pause» zu entdecken.

Doch als er bei der Davidwache um die Ecke bog, bot sich ihm ein gigantischer Anblick: Menschenmenge vor dem *Tivoli*, Krankenwagen, Polizeifahrzeuge, Kamerateams und jede Menge Bullen.

Neue Folge *Großstadtrevier*, dachte Sven und: Teuflisch bekannter Gaststar – Claudia Schiffer vielleicht?! –, zweifelsfrei aber die totale Action.

Flugs kam er richtig in die Hufe und arbeitete sich zielstrebig bis zu der pissigen Absperrung durch.

Das allgemeine Interesse galt einem leblos auf dem Pflaster liegenden schwarzen Hund. Wow – eine Mörderbestie! Das Tier hatte etwas im Maul.

«Ey, is das abgefahren!» tönte Sven. «Sieht aus wie echt!»

«Das ist echt», meinte jemand neben ihm. «Dieser Killerhund hat einem Mann den Arm abgebissen –»

«Wahnsinn! Keine Show, kein TV –?»

«Blutiger Ernst. – Einen Toten gibt's auch.»

«Wahnsinn!» wiederholte Sven. «Wo is denn der Rest von dem Arm?!» Er checkte erst jetzt kurz die um ihn Stehenden ab: Glatte Arschgesichter, aber vermutlich reichlich Kohle in den Taschen ihrer Sommerjacketts. Da ließ sich vielleicht noch was fingern.

Die Antwort auf seine Frage erhielt er von einer ihm verflucht vertrauten Stimme. Wie buchstäblich aus dem Boden gewachsen war dieser Tom Cruise für Arme vor ihm, Kriminalhauptkommissar Jörg Fedder. Sven mußte augenblicklich an den gestrigen *Morgenpost*-Beitrag denken: «Tips für Hamburg». – Kriminalhauptkommissar Jörg Fedder, Dezernat Organisierte Kriminalität, pflegte – nach offenbar freiwillig erteilter Auskunft – morgens in der Alsterhalle seine 200 Bahnen zu schwimmen, nahm im *Gnosa* ein Müsli zu sich und hielt – wenn die Dienstzeit es erlaubte – in diversen Buchläden Ausschau nach neuer esoterischer Literatur. Er gönnte sich hin und wieder ein vegetarisches Menü im *Saliba*, hörte zu Hause irgendwelche «Klänge der Welt» und sah kein Fernsehen. – Ein absolut bescheuertes Leben.

«Der Rest – wie du es bezeichnest, Sven – ist bereits auf dem Weg in die Notaufnahme. – Interessant, daß ich dich hier antreffe, und zudem noch in der Krähhals-Rolle. Warum soll ich auf dich aufmerksam werden, Sven? Hast du mir was mitzuteilen?»

«Ey, das wüßte ich aber.»

«Ja, du willst natürlich vor all den Leuten nicht reden. Das verstehe ich. – Bück dich doch mal bitte.»

«Wie meinen –?»

«Daß ich dir den Weg zum Schauplatz freigebe – komm, kriech vor. Ich möchte dir was zeigen.»

Verfluchte Hacke! Was hatte der Körnerscheißer mit ihm vor? Das war nun wirklich alles andere als erheiternd. Aber der Bulle – gutsitzende und stinkig saubere Jeans, Lederjacke und weißes Hemd, mein Gott! Wer trug schon noch weiße Hemden? – winkte ihn lächelnd zu sich. Also mußte es wohl sein. Ein echt beschissener Auftritt: Schulter an Schulter wurde er von Fedder über den abgesperrten Platz geführt, hin zu einer von Weißkitteln und Grünen umringten Tragbahre.

«Laßt den Jungen mal einen Blick auf den Toten werfen.»

«Wow!» gab Sven unwillkürlich von sich, als das Tuch zurückgeschlagen wurde. Die linke Gesichtshälfte des Toten war ein einziger, blutiger Matsch.

Dennoch aber erkannte Sven den Mann sofort: «Johnny!»

«Johnny», bestätigte ihm Fedder. «Auch Arschloch-Johnny genannt. Der auf sehr unappetitliche Weise zum Einarmigen gewordene Mann hat ihn erschossen. Wie es dazu kam, ist zwar etwas absurd, aber vom Ablauf her klar. Was mich interessiert – aus Gründen, mit denen ich dich nicht langweilen werde –, sind Johnnys Aktivitäten. Ich werde noch nachfragen müssen, aber meines Erachtens hat er erst vor vierzehn Tagen sein Apartment in Santa Fu geräumt. Bist du ihm möglicherweise in den letzten Wochen irgendwo begegnet?»

«Johnny!» wiederholte Sven. «Ey, das muß 'ne Riesenwumme gewesen sein, Wahnsinn!»

«Sven, ich will mit dir nicht über Handfeuerwaffen debattieren. Ich möchte einzig und allein hören, wo Johnny untergekrochen sein könnte. Er ist nun mal leider nicht gleich zum Einwohnermeldeamt geeilt –»

«Hab ihn nirgends rumturnen sehen, ey, echt nicht –»

«Wenn nicht gesehen, dann vielleicht etwas gehört.»

«Da müßt ich scharf nachdenken», meinte Sven, witterte jetzt die Chance, dem Bullen ein paar Scheine abzuzocken. Schien ja ganz wild drauf zu sein, was über Johnny in Erfahrung zu bringen. Das ließ sich doch bedienen. Sven zog demonstrativ seine Stirn in Falten.

«Fällt dir schwer, ja?» fragte ihn der Schwimmweltmeister. Sven tat, als habe er das nicht gehört. Er dachte wirklich verflucht ernsthaft nach. Schließlich strahlte er Fedder an.

«Ey, ich wüßte, wen ich fragen könnte –»

«Fragen kann ich selbst, Sven.»

«Glaub nicht, daß Sie von dem 'ne Antwort kriegen, ey, echt nicht. Aber ich könnt ihm schon was rauskitzeln. Das Problem is nur –»

«Nur zu bekannt», schnitt ihm Fedder das Wort ab.

«Ey, ich müßte echt 'n paar Runden schmeißen. Einen Blauen bräuchte ich schon.»

«Hm, hm», machte Fedder. «Und wieviel Zeit ‹bräuchtest› du?» Sven zog theatralisch die Schultern hoch, wiegte nachdenklich den Kopf.

«Sind Sie die Nacht über im Dienst? – Ey, ich werd Sie anpiepen!» Er merkte, daß der Mann nun seinerseits kopfmäßig arbeitete. Es dauerte ein Weilchen. Doch dann griff der Bulle in seine Gesäßtasche, angelte eine abgegriffene Geldbörse hervor und klappte sie auf. Sven konnte sehen, daß in dem Ding ein Farbfoto steckte. Wahrscheinlich von seiner Tussi. Warum hatte er in den «Tips» nicht was von ihr erzählt? – Hätte man gern gelesen.

«Na, gut – aber vergiß nicht, Sven, man sieht sich gelegentlich. – Hast du eigentlich inzwischen so etwas wie einen festen Wohnsitz? Ich erinnere mich, daß es da eine Tina gab –»

«Leb momentan solo – ey, ich ruf gleich an. Was

vermuten Sie denn bei Johnny? Nur, damit ich mich nicht in die Scheiße reite.»

«Ich möchte nur wissen, mit wem er seit seiner Entlassung zusammen war. Nur die Namen, Sven, das reicht mir dann schon.» Er drückte ihm den Schein in die Hand und hob noch einmal warnend die Kralle. «Wir haben uns verstanden?»

Wir verstehen uns bestens, sagte sich Sven. Der Hunderter fühlte sich verflucht gut an.

Nachdem er ihn im «Spielcasino» gewechselt hatte, gingen die ersten zehn Mark für Zigaretten drauf, knapp dreißig für ein ausgiebiges Essen beim Chinesen am Nobistor – Frühlingsrolle, geröstete Ente und zwei Cola –, für weitere zehn Mark deckte Sven sich mit Schokoriegeln und «Haribo»-Konfekt ein, und für die letzten Scheine kaufte er im *Grünspan* bei David eine winzige Portion Koks, nicht viel mehr, um sich damit einmal kräftig über das Zahnfleisch zu reiben. Das reichte ihm voll für einen witzigen Abend. Aber nun war wieder Ebbe, und irgendwann würde er sich wohl oder übel bei Fedder melden müssen. Vielleicht sollte er doch etwas für den verflucht bereitwillig zugesteckten Lappen tun.

Also schlenderte Sven noch weiter auf der Großen Freiheit herum, hielt Ausschau nach ihm bekannten Gesichtern und futterte dabei die Lakritzen. Die livrierten Türsteher waren voll zugange, Gäste für die Bumsshows zu ziehen, tönten groß rum, daß in ihrem Laden «echt goile Weiber» die Muschis zeigten – Sven war einmal im *Salambo* gewesen und hatte sich fast bepißt vor Lachen.

Pärchen huschten kichernd vorbei, und die ersten Besoffenen grölten. Alles mal wieder wahnsinnig komisch.

«Echt stark, ey!» rief er einem Dumpfdödel nach, der ihn hart angerempelt hatte. Gleichzeitig wurde er fest am Arm gepackt, und Sven blickte – bereits wieder kauend –, in eine echt verhauene Visage.

«Komm ma' mit durch zu Brilli.»

«Ey –», setzte Sven an, aber der Typ stoppte ihn.

«Will nur ma' kurz mit dir reden.»

Sven sah sich hilfesuchend um. Meine Fresse – was hatte er mit Brilli am Hut?! Brilli war einer der ganz Großen, hatte so ziemlich jede Woche eine Riesenpresse, ey, Scheiße – das schmeckte Sven nun gar nicht. Er versuchte jedoch, wieder cool zu werden, schluckte die Lakritzscheiße runter und griente die Plattnase an.

«Ey, Wahnsinn – Audienz bei –»

«Schluck's runter», wurde er wieder unterbrochen. Der Hauer schleppte ihn einfach mit. Verfluchte Hacke! Mitten auf der Straße, vor allen Leuten. Sven mußte sich eingestehen, daß das mit cool werden nicht so richtig hinhaute. Er wurde durch eine weit offenstehende Tür gestupst – nicht mal den Namen des Schuppens hatte er bei dem schnellen Zugriff ausmachen können –, mußte durch einen mit dunklem Samt ausgeschlagenen und nur spärlich erleuchteten Gang latschen und landete letztendlich in einem kaum möblierten Raum. Hier war es verflucht hell, Neonlicht.

Brilli – Sven vom Aussehen her durch Pressefotos und Talk-Show-Auftritte bestens bekannt – trug seinen dezent gestreiften Zwirn und natürlich den daumennagelgroßen Klunker am Ohrläppchen. Die Schlägerfresse zog sich gleich wieder zurück, und Brilli streckte ihm freundlich lächelnd die Flosse hin.

«Grüß dich. Sven – ja? Roberta sagt, daß sie dich kennt. Du weißt, *die* Roberta. Du sollst hin und wieder mal mit ihrer Nachbarin zusammensein – mit Tina. – Nun gut. Du hattest eine kleine Unterredung mit einem unserer eifrigsten Kommissare, mit Fedder. Würdest du so nett sein und mir sagen, um was es dabei ging?»

«Um – ey, um Johnny. Johnny is abgeknallt worden.»

«Das weiß ich. Du hast meine Frage nicht richtig verstanden –»

«Doch, doch», beteuerte Sven eifrig. «Der Bulle wollte wissen, wo Johnny die letzten Tage rumgeeiert is, und wo er 'ne Bleibe hatte.»

«Und das konntest du beantworten?»

«Nee, echt nich –»

«Aber?»

«Hab nur gemeint, ich könnt mich ja ma' umhören – is aber erledigt, ey. Läuft nicht.»

«Hm, hm», machte Brilli, ebenso bescheuert wie Fedder. Sven konnte sich nun wirklich ein wenig entspannen. Was lief da nur für ein Ding mit Johnny,

Arschloch-Johnny? Irgend jemand hatte ihm die Grütze rausgepustet, und alle Welt kam ins Grübeln.

«Du kanntest Johnny ganz gut?»

«Das würd ich so nich sagen wollen – ey, das is ewige Zeiten her.»

«Wie kam es noch gleich zu eurer Freundschaft – eurer damaligen Freundschaft?»

«Ey, also Freundschaft nu echt nich. Er tauchte gelegentlich bei uns auf, bei meiner Schwester, mein ich –»

«Sieh an – du hast eine Schwester. Hat sie für Johnny geackert?»

«Nee, eigentlich nich – er stand mehr auf sie. Ey, das is irre lange her, schon echt nich mehr wahr.»

«Und was macht deine Schwester so? – Wie heißt sie übrigens?»

«Caro – Caroline. Ey, echt keine Ahnung –»

«Aber wo sie wohnt, weißt du?»

«Glaub schon – ich mein, wenn sie nich inzwischen umgezogen is. Hatte sie irgendwann ma' vor.»

«Weiß Fedder das von Johnny und deiner Schwester Caro? – Nein? – Nun gut. Dann würde ich sagen, Sven, du gehst jetzt zu ihr und fragst sie, ob Johnny sich bei ihr hat blicken lassen, und wenn ja, fragst du selbstverständlich, warum und was er wollte und – kannst du mir folgen, ja? – und auch wenn er nicht bei ihr war, kommst du danach umgehend wieder hierher zurück, und wir überlegen dann gemeinsam, was du Fedder steckst.»

Meine Fresse! dachte Sven. Johnny mußte entweder was enorm Heißes auf der Pfanne gehabt oder riesig was gebunkert haben. Wenn Brilli sich so da reinschaffte, echt Wahnsinn! Merkwürdigerweise hatte er gleich wieder einen teuflischen Hunger, was aber wohl in erster Linie an dem Lakritz-Konfekt liegen mußte. Also verbot er sich, ein weiteres Stück von dem Zeug aus der Tüte zu grabbeln – wie herbeigezaubert erschien ohnehin wieder der üble Typ im Raum und brachte ihn wortlos nach draußen.

Dort bot sich Sven kein wesentlich anderes Bild als zuvor.

Aber er gab jetzt Gas.

Er wetzte so was von flink hoch in die Bernhard-Nocht-Straße, daß ihm schließlich zum Kotzen war und er sich fragte, warum zum Teufel er sich eigentlich so abhetzte. Brilli würde ihm schon keine Betonmanschetten um die Füße legen lassen und ihn koppheister in das Hafenbecken kippen, wenn er sich ein wenig mehr Zeit ließ. Außerdem hatte er ihm ja gesagt, daß er keineswegs sicher war, Schwester Caro auf Anhieb anzutreffen. Sie konnte inzwischen längst sonstwo leben.

Doch als er das Haus erreicht hatte, stellte er fest, daß es «C. Burghardt» nach wie vor gab, allerdings mit dem Zusatz «R. Warden» – wer immer das sein mochte. Sven schloß erst einmal auf einen Lebensgefährten. Aber nachdem er die Treppe in die erste Etage hinaufgestiegen war und geklingelt hatte, wurde er eines Besseren belehrt.

Eine unglaublich hübsche Brünette – lässig gekleidet mit locker sitzender Bundhose, gestreiftem Hemd und bestickter Weste –, öffnete ihm und stellte sich, nachdem er seinen Namen gebrabbelt hatte, als Rita vor, Untermieterin bei Caro: Die nicht zu Hause sei, die möglicherweise noch arbeite –

«Ey!» unterbrach Sven sie. «Ey, schon kapiert. Arbeiten tut sie? Is ja echt geil. Richtig fest? Hat sie eigentlich nie was von wissen wollen. Und wann, meinste, trudelt sie ein?»

«Das kann spät werden, gerade freitags. Wenn sie mit ihren Kollegen noch zum Essen ist –.»

«Ey, was issen das für 'ne Arbeit –?»

«Computer –»

«Ey, was –?»

«Eine Computer-Firma, ‹Citycomp›, sie ist da jetzt im Kundendienst und freitags –»

«Ey, Wahnsinn – wir reden von Caro, meiner Schwester, ja? Irrtum ausgeschlossen –?»

«Wenn du wirklich Sven bist –» Er wurde von ihr flüchtig gemustert. «Aber das bist du wohl. Jedenfalls hat Caro mal – na, egal. Warten lassen kann ich dich leider nicht. Ich bin auf'm Sprung –»

«Ey, was egal? Was hat Caro –?»

«Nichts. – Na ja, solange es dir schmeckt –»

«Ey, die soll ma' nur die Klappe halten, das kannste ihr sagen. Soll ma' selbst innen Spiegel gucken – alte Platschkuh! Sag ma, Telefon wird's in dem Laden doch wohl geben. Haste die Nummer?»

«Ja, aber ich weiß nicht –»

«Ey, aber ich.» Sven schob sich jetzt an ihr vorbei in den Flur. Er war total sauer. Erst einmal war die blöde Kuh nicht zu Hause – Computer-Kundendienst, meine Fresse! –, und dann zog sie offenbar noch über ihn her. Das schmeckte ihm – «solange es dir schmeckt», ja, Scheiße! Er grabschte sich den Telefonhörer und nickte der Kleinen echt drohend zu.

Rita wies achselzuckend auf eine Karte, die über dem Telefon an die Wand gespickt war.

«Dann mach aber bitte schnell, ich muß wirklich gleich los.» Sven wählte schon. Es war eine elfstellige Nummer, die mit 0-1-7 anfing, was Sven ein wenig irritierte. War diese Scheißfirma etwa nicht in Hamburg?

Das Freizeichen ertönte, dann vernahm Sven ein knappes «Ja?» und ein Rauschen. Schien tatsächlich weit weg zu sein.

«Ey, Caro –!»

«Sven?! – Herrgott, da muß ja was Furchtbares passiert sein, daß du von dir hören läßt –»

«Ey, ich bin fit wie sonstwas, das nur ma' nebenbei. Möchte dich ma' sehen! Ey, aber die Alte hier bei dir inner Wohnung nervt 'nen bißchen rum. Kurze Frage – war Johnny die Tage ma' bei dir?»

«Johnny –?! Herrgott, nein! Der ist für mich gestorben –»

«Isser –»

«Was, bitte –?!»

«Ey, ich sag, isser – er is hin! Abgeknallt! Vor 'nen paar Stunden!»

«Gott sei Dank!»

«Wird morgen inner Zeitung stehen. – Ey, und bei dir angetanzt is er wirklich nicht, echt nich?»

«Nein – aber wo du schon mal in meiner Wohnung bist, kannst du gleich seine Klamotten mitnehmen und –»

«Ey, ey – nu ma' langsam, langsam! – Klamotten? Was für Klamotten?»

«Oben auf dem Speicher – zwei Koffer. Schmeiß sie auf den Müll oder sonstwohin!»

Sven hörte es in seinen Gedärmen rumoren. Er glaubte, auf der Stelle kacken zu müssen, so verflucht aufgeregt war er. Meine Fresse, das war es! Johnny auf dem Weg zu Schwester Caro, um seine Koffer zu schnappen. Wahnsinn! Er nahm Caros Telefonstimme kaum noch wahr, brachte nur noch ein «Ey, klar, bis dann» raus, legte auf und fragte die ungeduldig wartende Rita nach dem Speicherschlüssel.

«Ey, ich werf'n denn innen Briefkasten – bin schon weg!» Und das war er, als er die Schlüssel in der Hand hatte. Wieselflink nahm er die Treppen nach oben, fünf Etagen hoch, und schloß die Speichertür auf.

Auf dem Speicher war es stockfinster. Sven schlug eine Brüllhitze entgegen. Er tastete nach dem Lichtschalter, fand ihn und knipste einmal und noch einmal und noch einmal. Verfluchte Hacke! Es blieb dunkel. Sven konnte es nun kaum mehr aushalten, schwitzte auch schon wie Sau. Er grabbelte sein

Feuerzeug aus der Tasche – die Flamme ließ gerade mal eben in nächster Nähe einige Konturen erkennen: Maschendraht, echt mickrige Holzrosttüren, einiges an Gerümpel. Er schwenkte das brennende Feuerzeug herum und entdeckte gleich neben dem Eingang zwei fingerlange Kerzenreste. Erleichtert zündete er sie an. Der Drang zu scheißen ebbte ein wenig ab.

Sven baute eine Kerze an ihrem Fundort auf, nahm die andere und arbeitete sich vor. Er brauchte verdammt lange, mußte über irgendwelche Kartons und anderen Scheiß steigen und handelte sich dabei heiße Wachstropfen auf seinem Handrücken ein. Schließlich aber hatte er Caros Speicherparzelle gefunden. Meine Fresse! Proppenvoll!

Sven stellte die Kerze ab, schloß auf und glotzte ratlos auf die übereinandergestapelten und zum Teil ineinander verkeilten Brocken. Johnnys Koffer, ja, Scheiße! Er konnte mehrere Koffer ausmachen, natürlich nicht obenauf. Also holte er tief Luft – Wahnsinn, diese Hitze! – und begann, den Berg abzubauen, wühlte sich echt durch wie der letzte Penner.

Der erste Koffer, den er zu fassen kriegte, war Fehlanzeige. Er enthielt einen Besteckkasten, einen versifften Mixer, Kabel und einige Doppelstecker. Erst das dritte Teil war ein Treffer: Ein Herrenanzug, Hemden, Unterwäsche, Turnschuhe und ein Toilettenbeutel. Aber das war es auch schon. Das konnte nun nicht das Objekt irgendeines Interesses sein.

Sven krabbelte über den schon von ihm bewältigten Müll und zerrte an einem weiteren Koffer. Die Verschlüsse sprangen auf und zwei, drei Ordner rutschten heraus. Sven griff sich einen, klappte ihn auf und – ey, das mußte es sein! – Wow!

Obwohl er sich verdammt anstrengen mußte, konnte er sehen, daß der Ordner amtliche Schreiben und Prozeßakten enthielt. Wahrscheinlich allesamt Johnny betreffend, möglicherweise aber auch Aussagen über andere Personen. Jetzt vernünftiges Licht und einige Stunden Zeit, dachte Sven. Sich in Ruhe den ganzen Schriftkram reinziehen. Das müßte doch irgendwie möglich sein. Er stopfte den Ordner in den Koffer zurück, schnappte ihn sich und kam, ja Scheiße, voll aus dem Gleichgewicht.

Den Koffer fest umklammert, verfing er sich und stürzte hin. Gepolter, Gepolter, Gepolter und – Flammen schlugen plötzlich auf, Wahnsinn! Es knisterte und knackte, und bevor er irgendwie reagieren konnte, brannte es lichterloh.

Hölle! dachte Sven noch. Ey, das gibt's doch nicht!

Aber das Feuer breitete sich mit einer irrsinnigen Geschwindigkeit vor ihm aus, und Sven schiß sich in die Hosen, spürte die Kacke an seinen Beinen heruntergleiten und – o, nein! Nein! Nein! – Die Flammen erfaßten ihn bereits!

6
DORIT

21.15–5.12 Uhr

Der Empfangschef mußte nicht in seinem Buch nachsehen. «Die Herrschaften haben Tisch elf. Darf ich –?» Er verbeugte sich leicht vor Dorit und führte sie zu einem Vierertisch am Fenster.

Mit Peter erhob sich ein gutaussehender, beinahe schöner Mann, mit gebräunter Haut und vollem dunklem Haar, das ihm in die Stirn fiel. Ulrike blieb sitzen. «Dorit», stellte Peter vor. «Wolfgang. – Das ist schön, Dorit, daß du dich doch noch entschieden hast. Wir haben die Vorspeise allerdings schon hinter uns.» Dorit reichte nun auch Ulrike die Hand und nahm den offensichtlich für sie bestimmten Platz neben Wolfgang ein.

«Das wird dir guttun», meinte Ulrike. «Das Essen ist hier phantastisch, und der Blick über den Hafen – ich liebe diese Aussicht.»

«Ja», sagte Peter. «Wolfgang kannte dieses Restaurant noch nicht, obwohl er inzwischen fast jeden Monat für zwei, drei Tage in Hamburg ist. – Ulrike hat dir erzählt, in welcher Branche unser Freund tätig ist –?»

«Bitte, Peter», wehrte Wolfgang ab. «Wir wollen nicht gleich von den Geschäften reden.» Er wandte sich lächelnd an Dorit. «Ich freue mich, Sie kennenzulernen, Dorit. – Ulrike sagte, man müsse Sie aufmuntern. Hoffentlich gelingt uns das.» Ein Kellner legte Dorit die Karte vor.

«Mir geht es ausgezeichnet», sagte Dorit und entschied sich schnell. «Ich nehme die Forelle. Würden Sie sie mir bitte filieren?»

«Sehr wohl – selbstverständlich. Danke. Nehmen Sie ebenfalls Wein?»

«Nein, ein Bier, bitte.»

Der Kellner notierte die Bestellung und ging. Dorit nahm eine Zigarette aus ihrer Packung. Wolfgang griff vor ihr nach ihrem Feuerzeug und klickte es an.

«Das freut mich», nahm er die Unterhaltung wieder auf.

«Na», meinte Ulrike. «Der richtige Tiefpunkt wird erst noch kommen.»

«Nun laß uns das nicht thematisieren», sagte Peter. «Sonst reden wir ohne Ende darüber, und ich denke, gerade dazu hat Dorit nicht die geringste Lust.» Dorit zuckte die Achseln.

«Nur zur Erklärung», sagte sie zu Wolfgang. «Ich habe heute mit meinem Freund Schluß gemacht. Es war eine kurze, aber doch sehr intensive Beziehung. Ulrike und Peter rechneten schon damit, daß ich heiraten würde –»

«Nein», protestierte Ulrike. «Ich nie!»

«Das kann ich für mich auch nicht unterschreiben –»

«Nun komm, Peter – du hast mir doch bei jeder Gelegenheit zu verstehen gegeben, daß Johannes und ich phantastisch zueinander passen.»

«Nein, nein – ich habe lediglich bemerkt, daß ihr heftig ineinander verliebt seid –»

«Das waren wir –»

«Also bitte – von Heirat habe ich nie gesprochen!»

«Aber ihr habt es euch insgeheim gewünscht. Wie damals schon – bei Bernd.»

«Bernd war nun alles andere als der Richtige für dich», sagte Ulrike.

«Das weiß ich längst. Trotzdem –»

«Trotzdem mochtest du ihn aber ausgesprochen gern», sagte Peter zu seiner Frau. «Ich bin übrigens immer noch der Meinung, daß du da die treibende Kraft warst.»

«Inwiefern, bitte –?»

«Na, wer hat denn Dorit dazu überredet, mit ihm in Urlaub zu fahren?»

«Das ist doch absoluter Unsinn.»

«Sind Sie verheiratet?» fragte Dorit den interessiert zuhörenden Wolfgang.

«Nein. – Ich muß gestehen, ich bin ein wenig amüsiert.»

«Worüber?»

«So kenne ich Ulrike und Peter gar nicht. Daß ihr wirklich eure Freundin in die Ehe treiben wollt –!»

«Eben das ist nie der Fall gewesen», entgegnete Peter scharf.

«Wie auch immer», sagt Dorit. «Ab heute bin ich wieder auf dem Markt – jung, weiblich, ledig.» Sie griff nach dem soeben servierten Bier, prostete in die Runde und nahm einen großen Schluck.

Ulrike stand auf und entschuldigte sich für einen

Moment. Dorit sah ihr nach. Ihre Freundin trug einen bis zu den Waden reichenden und seitlich geschlitzten Rock aus hellgrauem Leinen und einen Gürtelblazer mit aufgesetzten Taschen. Bei Tisch hatte Dorit anfangs immer wieder auf Ulrikes gewagte Wickelbluse aus weißer Spitze sehen müssen. Sie machte ihre wirklich schönen Brüste sichtbar. Dorit beneidete Ulrike um ihren Busen. Sie selbst hatte in der Hinsicht nur wenig aufzuweisen und kaschierte den, in ihrem Verständnis, körperlichen Mangel mit weitgeschnittenen und locker fallenden Hemdblusen. Ihre Beine dagegen mußte sie nicht verstecken. So hatte sie auch heute einen extrem knapp sitzenden kurzen Rock ausgewählt und zudem die Pumps mit den höchsten Absätzen angezogen.

«Sie haben den Film gesehen?» frage Wolfgang.

«Bitte –? Entschuldigen Sie –»

«Jung, weiblich, ledig – ich fand ihn letztlich etwas irreal.»

«Nein, ich habe mich nur an den Titel erinnert. Ich war schon lange nicht mehr im Kino.»

«Johannes», glaubte Peter erklären zu müssen.

«Nein, meine Arbeit», gab Dorit zurück. «Ich kann mich momentan vor Aufträgen nicht retten.»

«Schade. – Ich meine, es ist sicher für Sie erfreulich, daß es so gut läuft –»

«Wolfgang hoffte, dich für seine geplante Werbekampagne gewinnen zu können.»

«Ach ja?» Sie schenkte ihrem Tischnachbarn ein

Lächeln. «Sie machen irgendwas mit Käse, habe ich gehört –?»

«Feta», sagte Wolfgang, ebenfalls lächelnd. «Wir haben eine der größten Produktionen in Deutschland, in Crailsheim. – Ja, ich habe Ulrike und Peter gefragt, ob sie mir jemanden empfehlen könnten, der uns sowohl Plakatideen wie auch Storyboards für Werbespots entwickelt. Aber Sie scheinen ja voll ausgelastet zu sein.»

«Anhören kann ich mir immer was –»

«Wären Sie denn grundsätzlich interessiert?»

Peter nickte Dorit aufmunternd zu.

«Das ist ein dicker Brocken», sagte er. «Da kannst du manches andere für sausen lassen. – Ah, ich glaube, da kommt unser Essen.»

«Wie gesagt», sagte Dorit noch. «In den nächsten zwei Monaten allerdings bin ich total zu.»

Ulrike kam von den Toiletten zurück, blieb neben Dorit stehen und beugte sich zu ihr herunter.

«Entschuldige», flüsterte sie Dorit ins Ohr. «Ich verliere kein Wort mehr über Johannes oder gar Bernd.»

«Quatsch!» sagte Dorit laut. «Ich habe doch davon angefangen.»

«Ja, nun setz dich wieder», fiel Peter ein. «Wir sind längst bei anderen Themen.»

«Deine neue Bluse gefällt mir», sagte Dorit.

«Passend zu den umliegenden Örtlichkeiten.»

«Ja, Peter – danke.» Ulrike nahm neben ihm Platz und schlug demonstrativ ihren Blazer weiter auf.

«Du mußt ja nicht hinsehen. – Fang ruhig schon mit dem Essen an, das macht bestimmt einen sehr guten Eindruck auf Dorit und Wolfgang.»

«Entschuldige», sagte Peter zu Wolfgang. «Wenn das 280-Mark-Gardinenstück allgemeines Entzükken hervorruft, will ich nichts gesagt haben. – Ja, warum soll sich nicht auch ein durchschnittlich verdienender Buchhersteller gewisse Extravaganzen seiner Gattin leisten können? Da verzichtet man doch liebend gern auf das Frühstück, auch wenn einem abends vor Hunger schlecht ist. – Bitte, ich kann es auch noch eine halbe Stunde aushalten.» Er legte sein Besteck zurück und blickte trotzig einen nach dem anderen an.

Niemand sagte etwas. Das Schweigen war äußerst peinlich. Dorit war nahe dran, aufzustehen und sich kühl zu verabschieden. Doch da durchzuckte es sie wie ein elektrischer Schlag. Sie spürte Wolfgangs Hand auf ihrem Schenkel, wandte sich ihm fassungslos zu.

Er kam ihr zuvor.

«Ganz ruhig», sagte er lächelnd und nickte erst ihr und dann Peter und Ulrike zu. «Wir wollen doch einen netten Abend miteinander verbringen.»

Dorit fand noch immer keine Worte. Die Hand blieb, wo sie war. Dorit starrte mit leicht geöffnetem Mund Wolfgang an.

Ulrike lachte jetzt. Es klang nicht besonders fröhlich.

«Der kleine Buchhersteller – das ist wirklich klein!»

«Bitte», sagte Wolfgang. Er begann nun, Dorits Schenkel sanft zu streicheln. Abrupt stand Dorit auf. Sie hakte ihre Tasche von der Stuhllehne und eilte auf die Toilette.

Das war unglaublich! Das war nicht nur unverschämt, das war die übelste Anmache, die ihr je widerfahren war! Und das von einem Typ, der äußerlich einen wirklich angenehmen Eindruck machte! Der Mann konnte nicht alle auf der Reihe haben! Oder er hatte zuviel blödsinnige Filme gesehen!

Sie betrachtete sich kopfschüttelnd im Spiegel.

Ihr Entschluß stand fest. Sie würde nicht an den Tisch zurückkehren. Sie würde den Fahrstuhl nehmen, dieses edle Restaurant mit dem phantastischen Blick über den Hafen umgehend verlassen und das erste freie Taxi nehmen. Dorit puderte sich die Nase, zog die Lippen nach und steckte ihr hochgetürmtes Haar im Nacken neu nach.

Vor den Toilettenräumen erwartete sie Wolfgang.

«Sie wollen doch nicht etwa gehen?» fragte er und setzte wieder sein Lächeln auf.

«Doch», sagte sie. «Oder wollen Sie, daß ich Ihnen vor aller Augen eine runterhaue?»

«Das würden Sie nie tun – Dorit.»

«Da täuschen Sie sich aber gewaltig!»

«Ich habe Lust, auf der Stelle mit Ihnen zu vögeln.»

«Sie haben Scheiße im Kopf!» sagte Dorit und knallte ihm eine.

Keineswegs hastig stöckelte sie an ihm vorbei,

ging zum Fahrstuhl und wartete geduldig auf die Kabine. Als sie unten dem Garderobier ihre Marke reichte, hob der Mann fragend die Augenbrauen.

«Ist in Ihrem Restaurant schon einmal öffentlich gevögelt worden?» fragte Dorit ihn. Sie nahm ihre Jeansjacke entgegen und schlüpfte hinein.

«Ich wüßte nicht –»

«Es gibt bei Ihnen Gäste, die möchten das haben.»

«Verstehe. – Gab es eine Szene?»

Dorit winkte lässig ab. Sie mußte plötzlich lauthals lachen.

Dieser sonnenbankgebräunte Käsehersteller! Kam aus seinem Provinzkaff und glaubte, ganz auf die schnelle die erstbeste Frau bumsen zu können! Unglaublich witzig! Sie malte sich aus, was er jetzt ihren Freunden erzählen würde – mit ihrem Handabdruck auf seiner Wange! Sie hatte kräftig zugeschlagen.

Es überraschte sie schon, daß sie das gebracht hatte. Wahrscheinlich war es die doch noch nicht verrauchte Wut auf Johannes gewesen.

Sie trat auf die Straße und schaute zu dem *Bavaria-Blick* hoch.

Ich wünsch euch was, schickte sie nach oben und genoß für einen Moment den wunderbaren Himmel. Es war dämmrig, in den Häusern brannten schon die Lichter, und das pulsierende Leben St. Paulis lag förmlich in der Luft. Spontan entschloß sich Dorit, nicht nach Hause zu fahren. Sie wollte sich treiben lassen, schnuppern, schauen, irgendwo etwas trinken, auf gutgelaunte Leute treffen, vielleicht noch in eine Discothek gehen, wild abtanzen, vergessen. Sie bog um die Ecke und schlenderte die Davidstraße herunter. An der Ampel stutzte sie.

Der einige Meter von ihr entfernt herumstehende Blondkopf war ihr irgendwie bekannt. Als er ihr das Gesicht zuwandte, war alles klar.

«Hallo!» rief sie. «Rainer – ja?» Er kam langsam heran. «Oh, hast du dich verletzt?»

«Gummiknüppel», sagte er. «Moin, Dorit. – Tscha nu.»

«Das ist ja eine Riesenbeule – Gummiknüppel? Polizei?»

«Hab Ärger gekriegt. Hund hat sich losgerissen.»

«Dein Hund –? Und deswegen –?»

«Nee, nee – is schon 'n büschen komplizierter.»

«Wollen wir hier stehenbleiben oder willst du mir das bei einem Bier erzählen. Wenn du Lust hast, meine ich.»

«Tscha nu, ich müßt eigentlich telefonieren. Hatten mich bis jetzt eben auf der Wache fest.»

«Na, hier ist keine Telefonzelle. Ruf doch von der Kneipe an. Ich meine, ich will dich nicht zu was überreden.»

«Könnt man machen», meinte der Friese. «Wohin willste?»

«Laß uns in eine etwas ruhigere Kneipe», sagte Dorit. «Gleich hinterm *Paloma*, ist ja nicht weit.»

Der Friese nickte. Aber er setzte sich nicht gleich in Bewegung, und so faßte Dorit wie selbstverständlich seine Hand und ließ sie den Weg über auch nicht wieder los. Während sie gingen, erfuhr sie von Holger. Beim ersten Bier war der Friese bei Angi und ihrem Bulli. Was dann abgelaufen war, kriegte er immer noch nicht ganz hintereinander.

«Den Köter ham se erschießen müssen», sagte er. «Das haben sie mir bei der Vernehmung gesagt. Tscha nu, war ja nicht meiner. War der Angi ihrer. Und 'ne Angi kannten se so nich.»

«Aber dein Freund Holger kennt doch diese Angi.»

«Wollte Holger nich mit reinreißen.»

«Ja, Mensch, Rainer, was hast du denn gesagt, wie du an den Hund gekommen bist?»

«Hab die Angi in der *Davidsquelle* kennengelernt und war nur kurz mit ihrem Bulli Gassi.»

«Und das haben die dir abgekauft?»

«Nö –»

«Ja, das hat doch dann noch Folgen!»

«Tscha nu, ich würd noch von ihnen hören, haben sie gesagt. Adresse von mir haben sie ja nu.»

«Und dein Freund Holger sitzt zu Hause und wartet.»

«Muß ich jetzt ma' anrufen – ja.» Er leerte sein Bierglas und stand gemächlich auf.

«Du bist mir vielleicht einer», sagte Dorit.

Der Friese zuckte die Achseln.

«Tscha nu», sagte er. «Soll ich noch 'n Bier bestellen?» Dorit nickte, und der Blondkopf schob ab. Irgendwie war er rührend. Und er war heillos in

Yvonne verknallt. Ohne die geringste Chance zu haben.

Dorit zündete sich eine neue Zigarette an.

Ihr war angenehm aufgefallen, daß Rainer sie nicht einmal mit Blicken abgetastet hatte. Wie es Johannes oft getan hatte und Bernd – Bernd ständig. Bernd hatte sie keinen Moment aus den Augen gelassen, war in Singapur immer um sie herumgeschlichen und hätte sich am liebsten noch zu ihr unter die Dusche gestellt. Sie hatte die Badezimmertür abschließen müssen. Sie hatte erst abends im Pool schwimmen können, wenn sie sicher gewesen war, daß er Edith beim Kochen half. Und nächtelang hatte er wachgelegen, immer und immer wieder zu ihr hingeschaut, und es dann auch mit erzwungenem Schluchzen versucht. Am nächsten Morgen vorgegeben, schlecht geträumt zu haben. Nein, nicht von ihr! Von ganz frühen Situationen. Allein und verloren im Wald. Am Ast einer Baumbude hängend, verzweifelt strampelnd.

Lügen über Lügen. Und alles, um mit ihr zu vögeln. Im Vergleich dazu war dieser Käse-Otto von einer zwar absolut dümmlichen, aber doch wunderbaren Klarheit. So einem konnte man wenigstens eine reinhauen.

«Tscha nu.» Der Friese setzte sich wieder zu ihr.

«Und –?»

«Holger meint, ich hab das richtig gemacht. Er würd das mit Angi schon hinbiegen – das mit Bulli.»

«Na, fein – dann bleibt ja alles andere an dir hängen. Aber ein guter Freund bist du, das kann man nicht anders sagen.»

«Tscha nu, kenn Holger schon 'ne Ewigkeit.»

«Und der kann sich voll auf dich verlassen, selbst wenn du in der Scheiße hängst. Denkst du nie an dich?»

«Schon», sagte der Friese und wartete, bis der Wirt die Biere vor ihnen abgestellt hatte. «Hast du ja bestimmt gehört – von Yvonne.»

«Ja, so was gibt es natürlich. Ich meine, daß man nicht immer gleich einen Treffer landet. Das kenn ich auch.»

«Johannes, ja?»

«Das hast du dir aber gut gemerkt. Nein, Johannes war schon irgendwie okay. Ach, ich weiß nicht. Das ist bei mir immer so ein Hin und Her. Anfangs schmeiß ich mich total rein, und wenn der Typ dann auch anfängt, ebenso intensiv einzusteigen, mache ich zu und werde biestig. Ja, richtig zickig. Ich glaube, ich bin im nachhinein für alle Männer die absolute Horrorfrau.»

Der Friese nickte nachdenklich.

«Steht dir übrigens gut so», sagte er schließlich. «Das Haar.»

«Ja? – Danke. Mein Geschäfts- und Ausgeh-Outfit.»

«Was arbeitest du?»

«Grafik – Werbegrafik. Von Schokoriegelverpackung bis Zeitschriftentitel, *Stern* und *Spiegel* hatte ich schon einige Male. Das ist natürlich das

Größte, ich meine imagemäßig. Und auch ein geiles Gefühl, wenn du deine Arbeit an jedem Kiosk siehst. – Und du?

«Auslieferung. Gas- und Sauerstoffflaschen. Ist nur 'nen kleiner Betrieb. – Dann hab ich ja sicher mal was von dir in der Hand gehabt –?»

«Wahrscheinlich. – ‹Lila Pause› zum Beispiel –»

«Nee, Süßes eher weniger. Aber *Stern* les ich hin und wieder.»

«Gehst du manchmal tanzen?»

«Tscha nu – ganz ehrlich?»

«Hundertprozentig ehrlich!»

«Ich kann nich tanzen.»

«Aber ihr treibt doch regelmäßig Sport! Dann kannst du das auch. – Komm, laß uns ins *Grünspan* rüber. Da war ich lange nicht mehr. Sag nicht nein.»

Aus einem Impuls heraus griff sie wieder nach seiner Hand, drückte sie und sah ihn bittend an. Er war nicht nur rührend, er war auch irgendwie süß. Er lächelte verschämt.

Dorit beugte sich vor und küßte ihn auf den Mund.

Er riß die Augen weit auf. Richtig niedlich.

Als sie gezahlt hatte und mit Rainer hinaus auf die Straße ging, hörten sie Feuerwehrsirenen und Martinshörner. Hinter ihnen am Himmel stiegen dicke Rauchwolken empor.

«Sieht nach groß was aus», meinte der Friese, in die Richtung blickend.

«Es war die letzten Tage ja auch ungewöhnlich heiß. Da genügt ein Funke.»

«Wolln wir gucken gehen. Kann nich weit sein.»

«Nee, komm – kein Katastrophen-Voyeurismus. Das kann ich nicht ab.»

Der Friese nickte und nahm nun seinerseits ihre Hand. Und so schlenderten sie über den Hans-Albers-Platz und gingen weiter die Reeperbahn hinunter, tauchten ein in einen Menschenstrom auf der Großen Freiheit, blieben dort einmal kurz vor einem Schaukasten stehen, in dem die postkartengroßen Fotos der Stripperinnen hingen, wurden angequakt und liefen lachend weiter, und erreichten schließlich das *Grünspan*, Dorit zahlte den Eintritt, sie gaben ihre Jacken an der Garderobe ab, betraten den großen Raum, der nur von den zuckenden und rotierenden Strahlen einer Lichtmaschine erleuchtet wurde, dröhnende, dumpfe Rhythmen, eine ruckartig sich bewegende Menge, schwitzende Körper – für den Friesen war es eine ungewohnte und auch ein wenig erschreckende Atmosphäre.

Dorit küßte ihn noch einmal. Diesmal intensiv. Sie umarmte ihn, und als er sie ebenfalls umarmte und ihren Kuß erwiderte, schmiegte sie sich noch enger an ihn, und sie ließen ihre Zungen spielen, bis sie, beinahe atemlos, ihre Lippen voneinander lösen mußten und ihre Blicke sich in ihren Augen versenkten. Dann begann Dorit zu tanzen.

Sie blieben bis drei Uhr morgens. Engumschlungen und vertraut schweigend gingen sie zu dem Taxistand, nahmen den ersten Wagen, und Dorit gab ihre Adresse an.

Während der Fahrt küßten sie sich viele, viele Male.

In der Sternschanzenstraße angekommen, zahlte Dorit, und sie stiegen gemeinsam aus.

«Tscha nu», lachte Dorit jetzt. «Ich mag dich – Blondkopf!»

«Ich kann das alles noch nicht so richtig glauben. – Dröhnt dir das auch noch so in den Ohren?»

«Ich mag dich wirklich – ehrlich.»

«Du bist so schön –»

«Red jetzt keinen Unsinn. – Komm.»

Sie schloß die Haustür auf, und er stieg neben ihr die Stufen hoch, die er heute schon einmal hochgestiegen war. Auf Yvonnes Etage angekommen, gingen sie auf die rechte Wohnungstür zu. Und noch auf der Schwelle stehend, küßte Dorit ihn wieder.

Hand in Hand gingen sie in ihr Schlafzimmer.

Später, sehr viel später, setzte sich Dorit im Bett auf, zündete sich eine Zigarette an und inhalierte tief.

«Meinst du, du könntest mich ertragen?» fragte sie leise.

Rainer hob seinen Kopf ein wenig vom Kissen.

«Ich bin weg», murmelte er.

«Nein, ehrlich», sagte sie und suchte seine Hand. «Ich würde gern länger mit dir zusammen sein. Ich meine, ich bin wirklich oft unmöglich und manchmal auch voll daneben, aber – du denkst dir wahrscheinlich ohnehin, das ist mir eine. Trennt sich gerade von ihrem Freund und liegt gleich mit dem nächsten im Bett. – Weißt du übrigens, daß du der erste bist? Ich meine, der erste Mann, der hier schläft? Johannes hat keine einzige Nacht hier verbracht. Das wollte ich irgendwie nicht. Ich war immer nur bei ihm. Da in der Gegend muß ich dich ja auch vorher schon mal gesehen haben. – Schläfst du?»

«Nein», sagte Rainer. «Ich glaub's noch nicht.»

«Was glaubst du nicht?»

«Ich bin so happy.»

«Das bin ich auch. Sag jetzt mal –?»

«Was?»

«Findest du mich unmöglich?»

«Du spinnst. Ich bin weg, wie nie.»

«Wie waren denn eigentlich deine anderen Freundinnen?»

Rainer kam nun auch aus den Kissen hoch. Er zog Dorit und sich das Laken bis über die Hüften und legte die Hände in seinem Schoß zusammen.

«Tscha nu», meinte er. «Da is nich groß was.»

«Momentan nicht –?»

«Nee, überhaupt nich. War nie was.»

«Nichts ernsthaftes?»

«Gar nix. Hatte nie 'ne richtige Freundin.»

«Nie? – Das glaub ich dir nicht.»

«Na ja, in Wesselburen, mit sechzehn so. Denn nich mehr.»

«Ehrlich? Und wie war das die ganzen Jahre? Wie alt bist du jetzt eigentlich?»

«Zweiundzwanzig.»

«Zweiundzwanzig! Ich hab dich auf mindestens sechsundzwanzig geschätzt.»

«Tscha nu. – Und du? Oder willste das nich sagen –?»

«Du bist süß. Meinst du, ich müßte schon mogeln?»

«Nee, so nich –»

«Zweiunddreißig.»

«Echt – ?»

«Was hast du gedacht?»

«Tscha nu, auch so – sechsundzwanzig.»

«Lieb, aber da bin ich nun schon drüber weg. – Nun sag mal – ich kann mir das gar nicht vorstellen, daß du nie mehr eine Freundin hattest.» Sie lachte leise und küßte ihn leicht. «Es ist unheimlich schön mit dir. – Ich meine, wie war das denn sexuell?»

«Läßt du mich mal ziehen?» fragte Rainer. Dorit reichte ihm die bis auf ein kleines Stück heruntergebrannte Zigarette. Rainer nahm einen Zug, mußte husten und räusperte sich dann frei. «Ehrlich, ja?»

«Hundertprozentig ehrlich.»

«Tscha nu», begann er. «Ich geh da schon mal zu einer Prostituierten.» Er nickte und sah Dorit an. Zog noch einmal an der Zigarette und hielt dann die Kippe unschlüssig in der Hand. Dorit nahm sie ihm ab und drückte sie in dem auf dem Boden stehenden Aschenbecher aus.

«Na ja», meinte sie. «Das muß ja dann wohl sein. – Du bist der erste Mann, der mir das ehrlich sagt.»

«Wolltest du –»

«Ja, das ist auch okay, ehrlich. Das ist wirklich erstaunlich. Ich meine, ich habe meine bisherigen Freunde nie so konkret gefragt. Aber es gab immer mal Situationen, in denen das angeschnitten wurde. Bei Bernd – mit Bernd war ich vor Johannes zusammen –, bei Bernd wußte ich sogar definitiv, daß er sehr oft zu Prostituierten ging. Aber mir gegenüber hat er das völlig ausgeklammert. – Merkwürdig, ich habe gerade heute – nein, gestern – oft an Bernd denken müssen. An seine ständigen Lügen. Das hat mir eine unglaubliche Angst gemacht. Weißt du, ich war mal mit ihm in Singapur. Da war auch so eine Geschichte. Ich meine, wir hatten große Schwierigkeiten miteinander, und das lag sicher auch zu einem Teil an mir. Aber er ist dann abends mal allein raus und zu einer malaysischen Prostituierten. Er hat sie nackt fotografiert, in allen möglichen Positionen. Ich habe die Fotos unter seinen Sachen entdeckt. Er hatte sie noch in Singapur entwickeln lassen. Weißt du, irgendwie habe ich darauf gewartet, daß er von sich aus darüber spricht. Aber nein, nichts. Verstehst du, was ich meine?»

«Hm», machte Rainer. «Ich schäm mich schon deswegen.»

«Das ist Unsinn. Ich wäre nur enttäuscht, wenn du weiterhin zu Prostituierten gehst. Ich meine, wenn du mit mir – du, ich mag dich wirklich. Du bist unheimlich lieb.» Sie kuschelte sich an ihn und streichelte seine Brust.

Der Friese schluckte.

Er blickte wieder einmal zur Decke hoch. Über dem Bett war ein großer Ventilator angebracht. Er war nicht eingeschaltet. Der Friese sah zum Fenster. Die Jalousie war heruntergelassen. Durch die Lamellen fiel graues Morgenlicht.

Der Friese schloß glücklich die Augen.

Dorit streichelte ihn weiter. Auch sie hatte die Augen geschlossen.

Und dann schliefen beide ein.

7
RASTA ROBBY

23.20–1.49 Uhr

Rasta Robby, der von fast jedem Fahrgast mit «Lindenstraßen-Momo» angequatscht wurde, nahm das Paar in der Davidstraße auf. Der Mann warf sich auf den Rücksitz, die Frau, die er gleich noch einmal anblickte, hatte neben ihm Platz genommen.

«Winterhuder Weg», gab der Mann das Fahrtziel an.

«Lassen Sie sich ruhig Zeit», sagte die Frau. «Wir hatten einen *so* gemütlichen Abend.»

Das klang nach richtig guter Stimmung. Rasta Robby mochte Kunden, die sich ordentlich fetzten. Sie unterhielten ihn in der Regel bestens.

Das Paar enttäuschte ihn nicht.

«Der junge Mann fährt uns auch sicher gern um den Block. Dann kannst du noch ein Weilchen den Feuerwehrleuten zusehen.»

«Du weißt nicht mehr, was du redest.»

«Ich weiß, daß es mir allmählich reicht. Daß ich von dir, und auch von deinen Freunden, restlos bedient bin.»

«*Unsere* Freunde –»

«Oh, nein – Wolfgang ist allein dein Freund!»

«Dem du deine Titten hinhältst.»

«Fragen Sie doch bitte meinen Mann, ob er bei irgendeinem Bumslokal abgesetzt werden möchte», wandte sich die Frau an Rasta Robby.

«Fahren Sie die Straße an, die ich Ihnen genannt habe», kommandierte der Mann. «Meine Frau hat zuviel getrunken.»

«Bißchen Musik?» bot Rasta Robby an.

«Gerne», sagte die Frau. «Und möglichst laut. Damit er nicht einschläft und zu schnarchen anfängt.»

«So leben wir, so leben wir, so leben wir alle Tage», trällerte der Mann.

Das konnte eine heiße Tour werden! Rasta Robby linste wieder zu der Frau rüber. Soweit er es erkennen konnte, war das Teil, das sie unter ihrer Jacke trug, absolut durchsichtig. Nicht, daß ihn das sonderlich scharf machte. Aber Rasta Robby wußte formschöne Brüste zu schätzen. Und die Frau hatte einen Klasse-Busen. Erste Sahne! Da konnte man nicht meckern. Irgendwie konnte er ihren Alten schon verstehen.

Rasta Robby stellte den «OK Radio»-Sender auf mittlere Lautstärke ein. Ein Song von den «Toots» lief. Die Gruppe erkannte er auf Anhieb. Leider war es nicht «I've got dreams to remember». Aber das Stück hier kam auch gut. Es war ein schöner, satter Blues.

Rasta Robby sah im Innenspiegel, daß der Mann die Augen geschlossen hatte, den Kopf aber im Rhythmus der Musik wiegte. Schien ihm also zu gefallen. Auch die Frau klopfte auf ihrem Knie den Takt mit. Vorübergehend Harmonie.

Wirklich nur vorübergehend.

Der Song klang aus. Der Moderator ließ ein paar total beknackte Sprüche ab. Rasta Robby hörte sofort, daß der Mann null Ahnung hatte. Weder von den «Toots», die er absagte, noch von Bruce Hornsby, den er als Country-Sänger verkaufte. Leute ließ man ans Mikro!

Die Frau hatte sich zu ihrem Mann umgedreht.

«Um das Thema ein für allemal abzuschließen, Peter – ich mache das nicht länger mit! Entweder, du wirst wieder vernünftig, oder wir sind geschiedene Leute!»

«Das möchte ich sehen! Du und geschieden! Da kann ich doch nur lachen!»

«Willst du es so weit kommen lassen –?»

«Du kannst ohne mich doch überhaupt nicht existieren! Oder glaubst du etwa, du findest wieder Arbeit – in deinem Alter!»

«Ich habe Arbeit –!»

«Ha – die paar kleinen Artikelchen, die du runterschmierst!»

«Du wirst schon sehen!»

«Natürlich, wenn du einen Dummen findest, der deinen Launen was abgewinnen kann – nach dem heutigen Abend böte sich Crailsheim an.» Er lachte böse. Rasta Robby wurde wieder angesprochen.

«Halten Sie bitte da vorne – ja, am *Atlantik*», wies die Frau ihn an. Sie warf einen Blick auf das Taxameter und zog ihre Geldbörse hervor. «Ich gebe Ihnen zwanzig Mark. Mein Mann wird sicher noch den Rest zahlen können.»

«Ziehst du jetzt wieder diese Nummer ab?»

«Ich übernachte im Hotel.»

«Im *Atlantik*, ja –?»

«Warum nicht im *Atlantik*?! – Ja!»

Rasta Robby nahm den Schein an und bremste seine Taxe ab. Die Frau stieg schnell aus und knallte den Schlag zu.

«Hab *ich* Ihnen gesagt, daß Sie halten sollen?!» fuhr der Mann ihn von hinten an.

«Sorry», meinte Rasta Robby. «Die Dame –»

«Meine Frau ist besoffen!» Er kurbelte das Seitenfenster herunter. «Ulrike! Hör damit auf! Komm zurück!»

Rasta Robby sah der Frau nach. Sie drehte sich nicht um, verschwand in der Einbahnstraße.

«Verdammt!» schrie der Mann, machte aber keine Anstalten auszusteigen. Rasta Robby wandte sich fragend zu ihm um.

«Verdammt!» wiederholte der Mann. «Sie spinnt mal wieder. – Fahren Sie weiter!»

Rasta Robby nickte und hielt die Klappe. Ähnliche Szenen hatte er schon oft erlebt. Wirklich unterhaltsam. Wunderbare Ehekräche. Richtig schönen Haß. Ein bißchen zuviel Alkohol, und die Post ging ab.

Er mußte kurz an den besoffenen Postler denken. Große Freiheit. Der mußte auch Ärger mit seiner Frau gehabt haben.

Rasta Robby hatte das noch nie verstehen können. Für ihn waren Frauen etwas Wunderbares. Frauen mußte man lieben. Sich mit ihnen zu streiten, war total beknackt.

Liebe, Liebe, Liebe. Love, love, love. Rasta Robby trommelte leicht auf das Lenkrad, fuhr zügig weiter und ließ seinen Fahrgast in sich hineinbrummeln. Er hatte die Uhr ausgeschaltet. Der Zwanziger war okay. Wieder ein paar Mark mehr in der eigenen Tasche.

Als er in den Winterhuder Weg einbog, nannte ihm der Mann unaufgefordert die Hausnummer.

Rasta Robby setzte ihn vor dem Haus ab und wendete verkehrswidrig. Es war freie Bahn. Als er an der Alster entlangfuhr, dachte er, daß er gut eine kleine Pause einlegen konnte. Und er dachte auch an die Frau. Ulrike. – Sollte er, sollte er nicht? Er war noch nie einer Kundin nachgestiegen. Es hatte zwar schon zig Gelegenheiten gegeben, zum Teil unverhohlene Angebote, aber Rasta Robby war immer standhaft geblieben. Zum einen kam es nicht gut, und dann hatte er es auch nicht nötig. Also sollte er auch jetzt straight sein. Gerade durch und bereit für die nächste Fuhre. Oder sollte er doch –?

Warum eigentlich nicht?! – Er konnte auch im *Atlantik* pausieren, Clubsandwich ordern und einen Kaffee. Reinzukommen war null Problem. Sämtliche Portiers kannten ihn, und so wüst sah er nun auch nicht aus.

Rasta Robby ließ einen ihn heranwinkenden Passanten sausen, schaltete dabei die «Taxi»-Beleuchtung aus und kurvte sich durch.

Ungehindert betrat er kurz darauf die Hotel-Lobby, schlenderte lässig in die Bar und erblickte die Frau auch schon.

Er setzte sich neben sie, nickte ihr zu.

«Ihr Mann ist zu Hause», sagte er.

«Hat er Sie etwa beauftragt, mich zu holen?»

«Nein – wollte nur mal kurz nach Ihnen gucken.»

«Sie? – So, das wollen Sie? Und warum, bitte?»

«Da weiß ich selbst noch keine Antwort drauf», sagte Rasta Robby und gab seine Bestellung auf.

«Mein Bedarf an Unterhaltung ist für heute gedeckt», sagte sie knapp. Sie nahm einen Schluck von ihrem Drink. Ließ die Eiswürfel in dem Glas kreisen und schaute konzentriert auf eine der aufgereihten Flaschen über der Bar. Sie schwieg, und Rasta Robby schwieg auch. Er zupfte und drehte an seinen Locken, nahm mit der Rechten den Rhythmus der Melodie auf, die er im Kopf hatte. «Follow me», Amanda Lear.

Die Frau hielt nicht lange durch.

«Sie kriegen in Ihrem Taxi viel mit.» Da es eindeutig eine Feststellung war, nickte Rasta Robby nur. Der Kaffee wurde serviert. Er gab Sahne und Zucker hinein, rührte um und klopfte sein «Follow me» weiter. Das mußte irgendwann total abnerven.

«Hören Sie häufiger solche Gespräche?»

Wieder nickte Rasta Robby nur. Da-dam-tam-tam. Da-dam-tam-tam.

Rasta Robby trank seinen Kaffee und suchte sich auch eine Flasche zum Draufstarren aus.

Da-dam-tam-tam. Da-dam-tam-tam.

Das Schweigen dauerte an.

Rasta Robby ließ Stephanie zu dem Amanda-Lear-Song herumtänzeln.

«Denken Sie darüber nach, warum Sie gekommen sind?»

«Bingo», sagte Rasta Robby jetzt.

«Und? Wissen Sie es schon?»

«Bin nahe dran.» Rasta Robby nickte zu dem Rhythmus. Da-dam-tam-tam. Da-dam-tam-tam. «Jetzt hab ich's.»

«Ja, bitte?»

«Eine alte Freundin von mir hatte vor zwei Wochen Geburtstag, die Stephanie. Hatte ich total vergessen. Ich war heute auf'n Sprung bei ihr. Na ja, sie hat's natürlich nur beiläufig erwähnt, aber ich denke, ich muß da noch was zaubern. – Sie würd auf so was stehen.»

«Auf was, bitte?»

«Auf Ihr Blusen-Teil.»

«Etwas Dümmeres ist Ihnen nicht eingefallen?»

«Ich hab lange nachgedacht – das würde echt gut bei ihr kommen. – Sie denken, ich flachs Sie?»

«Ich denke, daß Sie vielleicht bei Gleichaltrigen damit ankommen.»

«Soll ich Stephanie anrufen und ihr sagen, daß ich was Passendes gefunden habe?»

«Nehmen Sie sich einen freien Tag für Shopping.»

Rasta Robby schob seine Unterlippe vor und machte traurige Augen.

Das lief doch ganz witzig. Die Frau war schlagfertig. Sie hatte ein interessantes Gesicht und rundum eine Top-Figur. Ihr Mann mußte ein kompletter Idiot sein. – Aber logo, sie war ihm weit überlegen.

«Okay», lenkte Rasta Robby nun ein. «Die Nummer war beknackt. Aber ich weiß echt nicht, was mich geritten hat, hier einzufliegen. Mal davon abgesehen, daß ich wirklich 'ne Pause gebraucht habe. Ja, ich hör so was wie eben zigmal in der Woche. Ja, ich krieg die beschissensten Szenen mit und – was haben Sie noch gefragt?»

Die Frau lächelte verhalten.

«Tragen Sie das Shirt jeden Tag?»

«Nee, das hat weiter keine Bedeutung. Heute zumindest ist nicht der Morgen danach.»

«Diese Stephanie gibt es?»

«Ja, eine Verflossene – ohne Tränen getrennt.»

«Und Sie sind noch befreundet?»

«Logo», sagte Rasta Robby. «Daß ich heute bei ihr war, stimmt übrigens.»

«Welche Konfektionsgröße hat sie?» fragte die Frau unvermittelt.

Rasta Robby mußte passen.

Die Frau stieg von ihrem Hocker und stellte sich vor ihm in Positur.

«Ist sie größer oder kleiner, oder ein ganz anderer Typ?»

«Nee, schon so», sagte er. Bis auf den Klasse-Busen, konnte er sich gerade noch verkneifen.

«Gut.» Sie setzte sich wieder und winkte den Barkeeper heran. Sie bat ihn um Stift und Papier. Rasta Robby spielte fragend mit einer seiner Locken. Die Frau wartete schweigend, bis der Keeper ihr das Gewünschte gebracht hatte. Dann begann sie zu schreiben. Sie schrieb den Zettel voll und faltete ihn einmal. Sie zog eine Brieftasche aus ihrer Handtasche und zählte einige größere Scheine ab, zögerte kurz und legte noch einen Fünfziger dazu.

«Gut», wiederholte sie und schob Rasta Robby Zettel und Geld hin. «Ich brauche einige Kleidungsstücke. Nicht viel. Ich habe aufgeschrieben, was. Und meine Zimmernummer. Bitten Sie Ihre Freundin, mir auszuhelfen. Das Geld müßte reichen. Ich hoffe, daß Ihre Freundin für meinen Wunsch Verständnis hat. Wenn sie die Sachen entbehren kann, bringen Sie sie mir bitte hier ins Hotel. Sie können sie an der Rezeption abgeben. Ich sage gleich noch Bescheid. – Ich denke, die Fahrtkosten sind damit auch beglichen.»

Rasta Robby sah auf das Geld.

Rasta Robby sah die Frau an.

Rasta Robby nickte.

«Wenn Sie das erledigen konnten, hinterlassen Sie an der Rezeption auch bitte die Nummer, unter der ich Sie am besten erreichen kann», sagte die Frau noch. «Ich vertraue Ihnen.»

«Können Sie», sagte er und steckte Zettel und Geld ein. «Stephanie ist zu Hause, das weiß ich. Vielmehr, ich hab's im Gefühl.»

«Und entschuldigen Sie bitte –»

«Alles klar», stoppte er sie. «Null Probleme. – Ich bretter schon ab.»

«Den Kaffee zahle ich.»

Rasta Robby führte kurz zwei Finger an die Schläfe.

«Alles Gute», verabschiedete er sich und zischte raus zu seiner Kiste.

Das war nun wirklich eine gute Nummer. Die Frau fackelte nicht. Ihm war glasklar, daß sie spätestens morgen mit dem ersten Zug oder einem Flieger die Stadt verlassen würde. Einsame Klasse! Superfrau!

Rasta Robby schob eine Rap-Cassette ein und drehte voll auf. Ey, ich hau ab aus der Stadt, ey, ich laß die Scheiße hinter mir, ey, raus aus dem Müll und dem Dreck, ey, weg, weg, weg.

Knapp zehn Minuten später fuhr er bei Stephanie vor.

Sie stand auf ihrem Balkon, hielt rauchend Ausschau. Sein Gefühl hatte ihn nicht getrogen.

Rasta Robby winkte zu ihr hoch.

«Immer noch kein Anruf», stellte er fest, als sie ihm die Wohnungstür öffnete.

«Nein», sagte Stephanie. «Und es ist gleich schon zwölf.»

«Wird sein, wie ich dir schon gesagt habe», versuchte Robby sie zu beruhigen. «Das alte Milieu. Hier was getrunken, da ein paar Takte gequatscht – der hat inzwischen längst jedes Zeitgefühl verloren. Nerv dich nicht länger rum. Irgendwann die Nacht wird er eintrudeln, hackevoll wahrscheinlich, und morgen hörst du von ihm Stories ohne Ende. – Ey, Baby, das mußt du doch noch kennen.»

«Nicht von Johnny. – Scheiße, wenn's nur so wär und vorher nicht dieser blöde Anruf –»

«Dem passiert schon nichts. Das war bestimmt nur 'n Gag. Und fang jetzt bloß nicht an, Kette zu rauchen. – Hier, für dich.»

«Ein Gag? – Mensch, er hätte mich längst angerufen, wenn nichts dahinter war. Was – was ist das? Wofür?»

Robby hatte ihr das Geld zusammen mit dem zusammengefalteten Zettel gegeben. Kopfschüttelnd las Stephanie ihn.

«Wer ist diese Ulrike? Sie grüßt mich und möchte ein paar alte Klamotten –»

«Ja», sagte Robby. «Sie ist okay. Eine Kundin. Sie will auf die Schnelle verduften.»

«Hat sie auch Ärger –?»

«Mit ihrem Alten – ja. Kommt das hin mit dem Geld?»

«Das – das ist verrückt.»

«That's life», meinte Robby und faßte sie an den Schultern. «Baby, wenn ich die Tour erledigt habe, mache ich Schluß. Ich zieh auf die Meile und hör mich nach deinem Johnny um. Ist das okay, ja? Okay? – Ich kann dich auch vorher abholen, und wir klappern zusammen ein paar Läden ab –»

«Nein – nein, nein. Ich bleib hier. Wenn er zurückkommt und ich bin nicht zu Hause –»

«Richtig», stimmte Robby zu. «Okay. Und nun guck mal, ob du das Zeug zusammenkriegst.»

«Das ist viel zuviel –»

«Steck es ein – irgendwie hat's auch mit deinem Geburtstag zu tun. Aber ein richtiges Geschenk kriegst du auch noch.» Er fuhr mit dem Zeigefinger flüchtig über Stephanies Nasenrücken und lächelte ihr noch einmal aufmunternd zu. Und dann tat er das, was sie sowohl ein bißchen wütend machen würde, aber auch zügig in die Gänge brachte. Er gab ihr einen kleinen Klaps auf den Hintern.

Es war kurz nach Mitternacht, als er die Sporttasche an der *Atlantic*-Rezeption abgab.

«Für die Dame auf Zimmer 337», sagte Rasta Robby.

«Ja, danke – wir sind informiert.»

«Wir?» fragte Rasta Robby und sah sich an der Rezeption um.

«Wir im Hause», wurde ihm erklärt. «*Das* liegt für Sie bereit.» Der Mann reichte ihm einen Plastikbeutel herüber, ein Wäschebeutel des Hotels.

Rasta Robby schob die Unterlippe vor und zog ihn auf.

Der Beutel enthielt die Bluse aus durchsichtiger Spitze und einen Briefumschlag. Rasta Robby nickte mehrere Male.

«Okay», sagte er dann. «Dabei fällt mir ein, daß ich noch was vergessen habe.» Er schnappte sich den

Kugelschreiber vom Tresen und schrieb seine private Telefonnummer auf die Rückseite einer Taxi-Karte: «Man hört voneinander – Robby.»

Wieder in seiner Kutsche, schaltete er das Mikro ein.

«Eins-Doppelacht. – Eins-Doppelacht für Zwo-Vier-Drei.» Er wiederholte seinen Ruf, startete und fuhr schon mal los.

Schließlich meldete sich Zwo-Vier-Drei.

«Ey, Dieter», begrüßte Rasta Robby den Kollegen. «Hatte bisher nur 'ne Tasse Kaffee. Essen wir was? – Wo bist du?»

«Gerade aus Osdorf weg. – Für Erika ist es noch 'n bißchen früh. – *McDonald's* Eppendorfer Landstraße?»

«Ich muß noch mal auf'n Kiez. – *Heiße Ecke*?»

«Nicht so gerne. Aber okay. – Hast du das Feuer Nocht-Straße mitgekriegt?»

«Nee, nich so. – Schlimm?»

«Scheint durch einen Kampf ausgebrochen zu sein. – Haben zwei ineinander verkrallte Typen vom Dachboden geschafft. Beide tot. – Übel.»

«Identifiziert?» horchte Rasta Robby auf.

«Einen, hab ich gehört. Einen Hausbewohner. Denk mal, der andere war 'n Penner oder 'n Fixer.»

«Kann man da nachfragen?»

«Was interessiert dich das?»

«Ich suche jemanden. Heißt Johnny. Ein Kiez-Typ.»

«Sagt mir nichts. Müßten notfalls die Bullen wissen. – Wir sehen uns.»

«Okay. Bis dann.»

Bei den Bullen reinzuschauen war sicher nicht die dümmste Idee. Aber auch heikel. Wenn Johnny munter auf der Meile herumspazierte, und davon ging Rasta Robby nach wie vor aus, machte man die Greifer nur neugierig.

Rasta Robby wußte nicht gerade viel von Johnny. Doch was Stephanie ihm von ihrem «neuen Festen» erzählt hatte, reichte. Mehrere Verfahren wegen Körperverletzung und Zuhälterei. Summa summarum einige Jahre Knast. Rasta Robby begriff immer noch nicht ganz, warum Stephanie ausgerechnet auf so einen Macker abfuhr. Nur die Bett-Nummer konnte es nicht sein. War es wohl auch nicht. Sie schien den Typ zu lieben.

Am Dammtor-Bahnhof nahm Rasta Robby doch noch schnell einen Fahrgast auf. Es war ein junger Mann, der in die Fettstraße wollte.

Rasta Robby sah sich wieder einmal irritiert gemustert.

«Nee, ich bin's nicht», meinte er.

«Irre», sagte der Mann. «Entschuldigung – das würd mir auch wahnsinnig auf den Senkel gehen. – Heiße Nacht heute. Da tobt der Bär.»

«Ja – kommen aber auch 'ne ganze Menge Aggressionen raus.»

«Bei mir nicht. Mich törnen solche Nächte unheimlich an. Wo ich hin will, läuft noch eine Fete.»

«Wird sicher gut», sagte Rasta Robby, in Gedanken woanders.

«Was dagegen, wenn ich kurz einen durchziehe?»

«Null Problem», sagte Rasta Robby. «Gutes Zeug?»

«Superklasse!» Er zündete den Joint an, machte einen tiefen Zug und reichte Rasta Robby den Spliff rüber.

Rasta Robby probierte und nickte anerkennend.

«Wenn du Bock hast, komm mit auf die Fete», sagte der Typ jetzt. «Geht da immer locker ab. Bißchen was essen, bißchen was trinken, paar Kontakte knüpfen – sind meist interessante Leute. Buchbranche, Fernsehen, Film –»

«Schlechter Zeitpunkt», sagte Rasta Robby. «Ich hab gerade was abgemacht.»

Der junge Mann zuckte die Achseln und widmete sich wieder seinem Joint. Vor dem Haus in der Fettstraße wartete ein hochaufgeschossener Mann. Sichtlich erleichtert kam er auf Rasta Robbys Taxe zu.

Als der junge Typ gezahlt hatte und ausgestiegen war, beugte er sich runter.

«St. Pauli –»

«Das trifft sich», meinte Rasta Robby. «Meine letzte Tour.»

Der Mann nahm neben ihm Platz.

«Ich kann dieses Volk nicht mehr ertragen», fing er an. «Jeder ist der Größte, jeder hat das Riesenprojekt in der Mache, alle sind so was von wahnsinnig im Geschäft – und alle reden nur Scheiße! Ich kann es nicht mehr hören. Es kotzt mich an. Keiner hat auch nur einen Schimmer von dem, was wirklich passiert. Aber was reg ich mich auf? Ich mußte ja nicht hingehen. – Darf ich rauchen? – Danke. – Auch so was – alle hören jetzt damit auf, und kaum einer besäuft sich noch richtig! Scheiß-Vegetarier-Büffets. Diät-Tips ohne Ende. Die Männer sind nur noch geil auf ihre Jobs, die Frauen legen sich Muskeln zu – Krafttraining. – Entschuldigen Sie, aber ich hab den ganzen Abend über die Klappe gehalten –»

«Nur zu», ermunterte Rasta Robby ihn. Der Mann gefiel ihm.

«Wissen Sie, über was stundenlang debattiert wurde? – Welche Binde an den kritischen Tagen beim Training die bessere ist. Diskussion über Damenbinden! – ‹Ich möchte mich ganz trocken fühlen›, es ist nicht zu glauben! Ich hätte schreien können. Aber ich hab die Schnauze gehalten. Ich habe in die Runde gelächelt und mir nur gedacht, ihr seid also die großen Macher – Frau Produzentin, Herr Lektor. Was haben wir denn noch an Problemen? – Richtig, wir sind von ‹Bauer›-Joghurt in Plastikbechern auf ‹Landliebe› umgestiegen, wunderbar cremig und überhaupt ein ganz, ganz anderer Geschmack! – Zum Teufel damit! Wissen Sie, was ich jetzt mache? – Ich schlag mich mit Bratwurst und Pommes voll, ich kipp ein paar Biere, und ich geh ficken!»

«Klingt gut», lachte Rasta Robby. «Ich mach an der *Heißen Ecke* Feierabend.»

«Bestens – genau das richtige.»

In Begleitung des Mannes betrat Rasta Robby kurz darauf den Imbiß. Es war inzwischen kurz vor ein Uhr nachts. An der Theke war Hochbetrieb. Fetttriefende Reibekuchen wurden verzehrt, Curry-Würste und Thüringer. Die Musikbox war gefüttert. Hans Hartz krächzte sein «Die weißen Tauben sind müde».

Dieter saß an schon an einem Tisch, nagte an einer kalten Karbonade.

Rasta Robby ließ sich auch eine geben, bestellte Kaffee dazu.

Die Alte hinterm Tresen flachste schon mit seinem Fahrgast rum und hatte einen Spruch für ihn: «Kennste die Öko-Nummer? – Viel hacken, wenig spritzen!» Rasta Robby setzte sich zu Dieter.

«Ein Kollege hat mitgehört», sagte Dieter. «Du hattest schon ausgeschaltet. Er wußte, was mit deinem Johnny ist. Kannte ihm.»

«Und?»

«Schießerei am frühen Abend. Drüben, Höhe Davidwache. Ein nackt rumlaufender Amokschütze hat ihn erwischt. Kopfschuß. War auf der Stelle tot. Hatte nichts an Papieren bei sich, aber die von der Kripo wußten Bescheid. Ich war zu der Zeit noch nicht auf dem Bock –»

«Ey, aber ich. Mann, das muß dann gewesen sein, als ich die Tour nach Norderstedt raus hatte. – Und in bezug auf Johnny gibt's keine Zweifel?»

«No – was hast du mit ihm?»

«Ist für ’ne Freundin. Oh, Scheiße – das wird heavy! Da steht mir echt noch was bevor. Die dreht durch.»

«Der Kollege meint noch, die Kripo sei scharf drauf zu hören, mit wem Johnny was laufen hatte.»

«Scheiße», wiederholte Rasta Robby nur. Er dachte an Stephanie, und er dachte daran, daß er sich verflucht schlecht zum Überbringer einer solchen Nachricht eignete. Da saß sie nun zu Hause und wartete. Wartete seit Stunden, weil natürlich niemand sie informieren konnte. Weil offenbar niemand wußte, daß Johnny bei ihr gewohnt hatte. War das eine Scheiße!

Rasta Robby schmeckte es nicht mehr.

«War deine Freundin eng mit Johnny?»

«Ja – seit einigen Wochen. War ihre neue große Liebe.»

«Wie gesagt, ich kannte Johnny nicht. Scheint aber ’n Lude gewesen zu sein.»

«Das wußte sie. Trotzdem –»

«Klar, is schon ’ne harte Nummer. – Amokschütze. Das muß auch ’ne herbe Show gewesen sein.»

«Ich muß der Kleinen das irgendwie beibringen. – Hast du so was schon mal gemacht? Ey, was sagt man da?»

«Man findet nie die richtigen Worte – hab ich erst gestern noch im Fernsehen gehört. Henry Fonda in so ’nem Bullenstreifen. – Nee, bin ich bislang von verschont geblieben.»

«Scheiße», sagte Rasta Robby noch einmal. Stephanie heute noch die Spitzenbluse zu schenken, konnte er sich abschminken. Ihm fiel ein, daß er den beiliegenden Briefumschlag noch nicht geöffnet hatte.

«Okay», sagte er. «Dann muß ich ma' sehen, wie ich das packe.» Er kippte den Kaffee herunter und stand auf.

«Du machst Schluß?» fragte Dieter noch.

«Ja, aber ich nehm die Kutsche mit.»

Er hatte einen Parkplatz in der Nähe gefunden, brauchte nur wenige Schritte.

Rasta Robby holte den Brief hervor und las: «Ich hoffe, die Bluse gefällt ihrer alten und vielleicht ja auch neuen Liebe. Ich will morgen sehr früh am Flughafen sein, um irgendein Last-Minute-Angebot wahrzunehmen. Sollten Sie noch fahren und Lust haben, mit mir zu frühstücken – ich bin bis 6 Uhr im Hotel. Kommen Sie einfach auf mein Zimmer, ich werde ohnehin nicht schlafen können. Wenn ich Sie nicht mehr sehen sollte, bedanke ich mich nochmals für Ihre Hilfe – und entschuldigen Sie bitte meine anfängliche Schroffheit. Es tut mir leid – Alles Liebe, Ihre Ulrike D.»

Rasta Robby legte den Kopf in den Nacken und schloß die Augen.

Alte und neue Liebe. Die Lady konnte nicht wissen, was er an den Hacken hatte. Für einen Moment wollte er Stephanie völlig streichen. Nicht zu ihr fahren, sich einfach nicht melden. Sie würde es morgen früh ohnehin in der Zeitung lesen. Rasta Robby öffnete die Augen wieder, nickte. Die *Morgenpost* wurde um diese Zeit bereits verkauft.

Er stieg aus dem Wagen und lief die Reeperbahn ein Stück ab.

Schließlich entdeckte er einen Zeitungsverkäufer.

Der Bericht nahm eine halbe Seite ein und war mit zwei Fotos bebildert. Das obere zeigte einen tot auf dem Pflaster liegenden Hund. Darunter war die Porträtaufnahme eines Mannes. Sein Gesicht war schmerzverzerrt. Bildunterschrift: «Der noch unbekannte Amokschütze.»

Rasta Robby überflog den Artikel. Der von dem Amokläufer erschossene Mann wurde «Josef M.» genannt. In einem Nebensatz wurde erwähnt, daß er aus dem Milieu sei.

Rasta Robby faltete die Zeitung zusammen. Nein, er durfte sich nicht drücken. Er mußte zu Stephanie, so schwer es ihm auch fiel.

In Gedanken versunken startete er die Taxe, stieß zurück und wendete.

Und dann drückte er einmal, nur einmal, fest aufs Gas.

Der Wagen schoß vor.

Entsetzt riß Rasta Robby die Augen weit auf.

Wie in Zeitlupe nahm er wahr, daß eine Gestalt von seinem Wagen erfaßt und hochgeschleudert wurde.

Rasta Robby stieg hart in die Bremse, hörte einen dumpfen Aufprall und war schon aus der Taxe.

Wurde angeschrien, stehenzubleiben, sich nicht zu rühren. Zwei Männer rannten heran, schrien wieder – Fahndung, Polizei! Einer von ihnen hielt ihm kurz einen Ausweis hin, der andere war hinter dem Wagen verschwunden, fluchte irgendwas, kam vor, schüttelte den Kopf und machte eine Geste, die nicht erklärt werden mußte.

Rasta Robby ließ die Schultern sacken. Wer ihm auch immer in den Wagen gerannt war – er war tot.

8

TIMO

20.10–22.58 Uhr

Mit dreizehn hatte Timo seinen ersten Wagen geknackt. Mittlerweile war das zu seiner Lieblingsbeschäftigung geworden. Total coole Action. Echt geiles Feeling. Er hatte sich auf BMW und Mercedes spezialisiert, fuhr meist nur kurze Strecken, Stadtfahrten, und war bislang kein einziges Mal erwischt worden. Das wußte Erik, und er wußte natürlich noch einiges von seinem neuen Freund Timo. Aber er wußte längst nicht alles. Dachte er jedenfalls.

Jetzt stand er mit ihm vor einem beigen Mercedes-Coupé.

Sie waren beide etwas außer Atem.

«Wer war der Typ?» fragte Erik.

«Null Ahnung», sagte Timo.

«Aber du hast zu ihm rübergegrinst.»

«Nur so. – Sah irgendwie bescheuert aus.»

«Nee», meinte Erik. «Richtig böse.»

«Ist auch egal.»

«Fängt der an, uns zu hetzen.»

«Fetter Arsch», sagte Timo abfällig. «Was hältst du von dem Teil?»

«Stark.»

«Denn geh mal 'nen Parkschein ziehen.»

«Glaubst du, der Typ ist weg?»

«Gucken würd ich vorher schon», sagte Timo. Er checkte bereits das Türschloß. Erik ging zur Balustrade und lugte hinüber. Er signalisierte, daß der

Typ nicht mehr zu sehen war, und zog ab. Als er mit Parkschein zurückkam, saß Timo bereits grinsend am Steuer.

«Was meinste – längere Spritztour?»

«Meine Alten werden mich nicht vermissen», sagte Erik und stieg ein. Timo kuppelte, legte den Rückwärtsgang ein und parkte gekonnt aus.

Kaum auf der Straße, erhöhte er die Geschwindigkeit.

«Echt geil», kommentierte Erik und begann, das Handschuhfach zu durchwühlen. Er fand eine angebrochene Rolle «Atemfrisch», klaute sich eins heraus und bot auch Timo eins an.

Timo verzichtete.

Es herrschte starker Verkehr. Aber niemand schien sich über zwei fünfzehnjährige Kids mit Baseballkappen in einem Mercedes-Coupé zu wundern.

Freitagabend. Alle eiligst unterwegs.

In der anderen Fahrtrichtung zogen zwei, drei Grünweiße mit eingeschalteten Martinshörnern vorbei. Ein Rettungsdienstwagen folgte.

«Sollen wir an die See oder Autobahn Hannover?» fragte Timo cool.

«Hannover oder Bremen», sagte Erik. «Irgendwo dazwischen liegt Rotenburg / Wümme. Da ist meine älteste Schwester verheiratet. Die legt sich flach.»

«Ich würde mal sagen, die ruft nach den Bullen.»

«Die nicht. Mein Schwager ist auf Bewährung.»

«Was hat er gebracht?»

«Hat 'ne Kreissparkasse überfallen. Und ist draußen auf Hundekacke ausgerutscht.» Erik lachte. «Ich war in den Ferien mal mit ihm zum Angeln. Hat er auch nichts rausgezogen.»

«Hält das deine Schwester aus?»

«Die hat Kinder. Müßten jetzt vier Blagen sein. Weihnachten hatte sie schon ’nen dicken Bauch. – Weihnachten war geil.»

«Weihnachten hat sich Kalle bei uns breitgemacht.»

«Sag mal, das wollte ich dich immer schon mal fragen. Bumst der richtig mit deinem Bruder?»

Timo zuckte die Achseln.

«Null Ahnung. Ist aber sowieso Ende. Sie schafft nicht mehr an.»

«Sagst du eigentlich nur noch Roberta zu ihm?»

«Ich sag sogar ‹Madame›», sagte Timo. «Dann bin ich ihr Bester – ‹Gottchen, wie reizend du sein kannst.›» Er lachte, und sie machten es sich nun in den Ledersitzen richtig bequem.

Der Hauptbahnhof rückte in Sichtweite, und sie kamen zügig voran.

Auf der Elbbrücke stellte Erik einen Sender mit fetziger Musik ein. Er warf einen Blick über das Hafengelände, wandte sich wieder Timo zu und streckte den Daumen hoch. Der Wagen glitt nur so dahin.

«Sag mal», fing Erik nach einigen Kilometern erneut an. «War dein Bruder immer so?»

«Glaub schon.»

«Kommen eure Alten damit klar?»

«Die kümmern sich 'n Dreck. Darum bin ich doch mit zu ihr.»

«Aber leben tun die noch –?»

«Werden sie wohl. Ich hab jedenfalls nichts anderes gehört.» Und wieder lachte er. Erik lachte kurz mit.

«Meine würden sich den Kopfschuß geben», sagte er. «Die haben schon Horror, wenn sie sehen, daß ich mir im Bett mal einen runtergeholt habe.»

«Null Problem», meinte Timo. «Ich denk aber schon, daß langsam mal eine richtige Alte fällig ist. – Ich find die Grizelda echt geil.»

«Hängt die nicht meist in der *Acht* rum?»

«Deswegen ja. Ich weiß sogar, mit wem sie schon gebumst hat.»

«Und, mit wem –?»

«Hat Roberta mir erzählt. Kalle war drüber.»

«Dann muß sie total versaut sein», meinte Erik.

«Kalle fährt bald ein.»

Erik schüttelte entschieden den Kopf.

«Da würd ich mich nicht reinhängen, nach dem, was du so erzählst. Das gibt doch nur was auf die Ohren.»

«Von einem, der sitzt?» lachte Timo. «Und Freunde hat der nicht mehr. Das steht man fest. Sonst hätte Roberta nicht so ohne weiteres die Biege machen können.»

Erik wußte von Kalle nur das, was Timo gelegentlich an Text ablieferte. Er wußte, daß Kalle Wirtschafter in einem der Süderstraßen-Puffs war und sowohl Roberta wie auch Timo schon oft eine reingesemmelt hatte. Mehr wollte er auch gar nicht wissen. Nur, wie das mit dem Bumsen bei Roberta war, beschäftigte ihn nach wie vor stark. Grundsätzlich. Aber erst einmal schwieg er.

Er suchte nach einer Straßenkarte, und als er die richtige gefunden hatte, verschaffte er sich einen Überblick.

«Richtung Bremen ist besser», sagte er schließlich.

«Weiß nicht, ob ich Bock auf deine Schwester hab.»

«Die legt sich flach», wiederholte Erik.

«Was sagste sonst zu Grizelda?»

«Sieht schon stark aus. Aber ist doch nicht so ganz mein Fall.»

«Der ihre Mutter ist Philippinin. Da hat die was von. Die war mal bei uns in der Penne. Ist nich größer als du.»

«Oder du», entgegnete Erik. «Rotenburg liegt gleich hinter 'ner Ausfahrt. Ist wirklich nicht weit.»

Langsam mußten sie sich entscheiden. Aber Timo schüttelte jetzt den Kopf.

«Stück Autobahn noch», sagte er. «Dann zischen wir zurück. Die Karre ist Scheiße. Fällt mächtig auf.»

Unrecht hatte er damit nicht. Auch Erik hatte inzwischen bemerkt, daß ihnen aus anderen Wagen jetzt doch überraschte Blicke nachgeschickt wurden. Timo übertrieb aber auch. Er blieb auf der linken

Spur und kitzelte aus dem Wagen das Letzte raus. Das mußte ja nun nicht sein.

Erik blickte auf die Uhr am Armaturenbrett. Es war kurz nach neun. Spätestens in einer halben Stunde konnten sie wieder in Altona sein. Erik ahnte, was Timo noch vorhatte. Aber er sagte nichts.

Timo nahm die nächste Abfahrt.

Als sie in Nähe Hauptbahnhof waren, brach Timo das Schweigen.

«War 'ne blöde Idee», sagte er. «Stadt ist eindeutig besseres Feeling. Noch besser, wenn's richtig dunkel ist. Wir stellen die Kiste am Bahnhof ab.»

«Willst du bei Grizelda vorbei?»

«Wir fahren mit der S-Bahn rüber. Mal sehen.»

«Die läßt dich abblitzen.»

«Vor elf geht die nie in die *Acht.*»

Erik sah seinen Freund von der Seite an.

«Hast du denn überhaupt schon mal?»

«Nee, sag ich doch. Wird echt Zeit.»

«Hast du ma' mitgekriegt, wenn Roberta zugange war?»

«Nur was gehört. Wird im Prinzip nichts anderes sein.»

«Ich weiß nicht. Er hat doch sein Ding – meinst du, das wird dabei auch hart?»

«Kannst sie ja mal fragen», lachte Timo. «Aber lieber nicht. Sie denkt, du bist ein ganz Böser.»

«Ich? – Wie kommt der dazu? Der kennt mich doch kaum.»

Timo winkte beruhigend ab.

«Mach dir nichts draus. Das legt sich ebenso schnell, wie es ihr in den Kopf kommt. Ich kenn das schon. Als ich noch öfter am Bahnhof rumhing, waren das alles auch ganz, ganz schlimme Menschen – ‹Gottchen, was die für Krankheiten haben›. War die Woche drauf schon vergessen. – Das liegt an den Tabletten.»

«Was für Tabletten –?»

«Für Hormone und so was. Und denn hat sie ja auch noch angeschafft.»

«Ich möchte echt ma' wissen, wie das genau ist. – Im Fernsehen sieht man da nie was von.»

«Kannste auf Video haben.»

Timo parkte auf dem Bürgersteig vor der *Markthalle*.

Sie stiegen aus und schauten sich die Plakate an.

«Schweinegruppen», beschied Timo knapp, und Erik nickte bekräftigend. Sie liefen zum Hauptbahnhof hoch, durchquerten die «Wandelhalle» und trafen auf der anderen Seite ein paar von Timos alter Clique.

Erik hörte zu, wie Timo von dem Schlitten und ihrem Autobahntrip erzählte, hörte von der Action der anderen und begann sich zu langweilen. Vielleicht wußte er doch schon alles von Timo.

Sie hatten sich auf einer U-Bahnfahrt angefreundet. Timo hatte Streß mit einigen Fahrgästen gehabt, weil er seinen Baseballschläger pendeln ließ. Erik hatte sich neben ihn gestellt und böse Grimassen gezogen. An dem Tag war Timo unterwegs gewesen, um Tauben totzuklatschen. Das kannte Erik noch nicht. Er war mitgelaufen, und sie hatten eine Menge Spaß gehabt. Seitdem waren sie häufiger zusammen.

«Sollen wir?» fragte Erik nun.

Timo nickte flüchtig. Es dauerte aber doch noch, bis er sich endlich von den anderen losriß.

Sie fuhren rüber nach Altona. Zielstrebig steuerte Timo das Hochhaus auf der Großen Bergstraße an. Die Haustür stand offen, und Timo ging hinein. Erik zögerte.

«Willst du einfach so bei ihr reinschneien?»

«Sie ist in meiner Klasse. Da gibt's immer was zu bereden.»

«Aber ich kenn sie nur von einmal sehen.»

«Zu zweit läßt sie sich besser loseisen.»

«Und dann –?»

«Denn kannst du mich machen lassen.»

«Ich weiß nicht», sagte Erik. Aber er fuhr dann doch mit hoch in den fünften Stock.

Vor einer der vier Etagentüren verabschiedete sich gerade eine Frau. Sie trug einen «Alex»-Jogginganzug und teuer aussehende Turnschuhe.

«Wir hätten uns ruhig mehr Zeit lassen können», sagte der in der Tür stehende Mann und lachte gekünstelt. Er trug nur eine Unterhose.

«Beim nächsten Mal», sagte die Frau. Der Mann drückte sie kurz an sich und zwinkerte über ihrer Schulter Timo und Erik zu.

Timo reagierte nicht darauf.

Er klingelte an der Nachbartür.

Grizelda öffnete und war sichtlich überrascht. Trotzdem ließ sie Timo und Erik ein und schloß schnell wieder die Tür.

«Endlich», stöhnte sie. «Ich dacht schon, die Alte bleibt die ganze Nacht. Hat die eine Show abgezogen. – Was gibt's?»

«Bist du allein –?»

«Ja, aber ich zisch gleich los.»

Erik schaute sie heimlich an. Sie sah wirklich gut aus. Ihre tiefschwarzen Wuschelhaare umrahmten ein schmales, braunes Gesicht. Grizelda hatte einen breiten Mund, volle Lippen und tolle Zähne. Sie war mit einer pinkfarbenen Leggings und einem weißen, langärmeligen Shirt bekleidet.

«Gehst du in die *Acht*?» fragte Timo.

«Ich bin verabredet. – Nun sag schon, was wollt ihr?»

«Dachte, du hättest Bock auf'n bißchen rumkutschen. Klasse BMW –»

«Nee, danke», unterbrach Grizelda ihn. «Da steh ich absolut nicht drauf. – War's das?»

«Na ja, wenn du verabredet bist – du weißt, daß Kalle in Kürze einfährt?»

«Was interessiert mich Kalle. Ich geb mich nicht mit Pißgroschen-Luden ab. Der hat doch nichts in der Birne.»

«Mein ja nur so. – Na, denn gurken wir allein ein bißchen rum.» Er tat cool, aber Erik merkte ihm an, daß er richtig sauer war.

Er ging schon zur Tür.

Im Fahrstuhl und auch noch vor dem Haus war absolute Funkstille zwischen ihnen. Sie liefen ein Stück die Straße runter.

Schließlich hielt Erik es nicht mehr aus.

«Ich glaub, ich hau mal ab nach Hause.»

«Ich greif mir noch 'n BMW.»

«Wieder im Parkhaus?»

«Mal sehen.»

Und wieder schwiegen sie, trotteten nebeneinanderher, jeder mit angestrengt ausdruckslosem Gesicht. Sie erreichten die Reeperbahn, sie gingen hoch bis zur Davidwache, und sie sagten immer noch nichts.

Vor dem Parkhaus blieb Timo stehen.

«Ich hol mir einen», sagte er entschieden.

«Ich zieh dann ab», sagte Erik.

«Haste noch 'n paar Mark?»

Erik griff in seine Hosentasche und brachte einige Münzen zum Vorschein.

«Sieben achtzig», zählte er.

«Laß uns noch Zigaretten holen und eine rauchen.»

Erik nickte und ging in das China-Restaurant.

Er wußte, daß ihn Timo noch zu einer Fahrt überreden wollte. Stadtfahrt. Im Dunkeln. Echt geiles Feeling. Total coole Action. Aber irgendwie war es das nicht. Wenn er es sich genau überlegte, brachte das Zusammensein mit Timo rein gar nichts. Timo konnte ihm noch nicht einmal sagen, wie das eigentlich mit seinem Bruder war. Und bei Grizelda war auch nichts groß gelaufen. Wie er es ihm schon prophezeit hatte. Wenn sie wenigstens bis nach Rotenburg gedüst wären. Seine Schwester hätte sich flachgelegt. Sie hätten bei ihr ein bißchen Fernsehen gukken können. Weihnachten hatte sie erzählt, daß sie jetzt verkabelt seien. So an die zwanzig Programme. Und Video gab es natürlich auch. Sich eine Video-Cassette holen. Das war eine tolle Auskunft! Hatte Roberta jeden Tag um sich und wußte nicht einmal, wie das mit ihr ablief.

Erik zog die Zigaretten, ließ sich ein Streichholzheftchen geben und drückte Timo draußen beides in die Hand.

«Geschenkt», sagte er. «Ich hau dann jetzt echt ab.»

«Der Typ vorhin – das war schon heiß», meinte Timo. «Den haben wir geil abgehängt.»

«Sah aber irgendwie böse aus.»

«Ich glaub, ich hab den schon vorher mal gesehen.»

«Wenn du meinst – ich geh denn.»

Er nickte Timo zu und ging jetzt wirklich.

Er wußte nicht, daß er Timo nie wiedersehen würde.

Erik wußte inzwischen nur, daß das, was er von Timo wußte, nicht sonderlich aufregend war. Alles andere als total coole Action. Stinklangweilig eigentlich.

9
ROBERTA

0.07–3.18 Uhr

Roberta hatte keine Schwierigkeiten gehabt, den wirklich gutaussehenden Mann in das Séparée zu lotsen. Alles in dem Raum war dunkelrot, die Wände, der Teppich und auch das runde Bett. Zwei kleine Lampen spendeten spärliches Licht. Es gab keine Fenster, und die Luft war drückend.

Das Finanzielle war bereits an der Bar erledigt worden, der Champagner war serviert, und Roberta hatte eine Sade-CD eingelegt.

Der Gast aber stand noch unschlüssig herum.

«Gibt es etwas, was du nicht machst?» fragte er schließlich.

«Ach, Gottchen, was möchtest du denn?»

«Würdest du dich setzen?» – Aber sicher, Schatz, warum nicht? Roberta hockte sich auf die Bettkante und schlug die Beine übereinander.

«Du gefällst mir.»

«Du möchtest reden, ja, Schatz?»

«Ich möchte mich vor dir ausziehen und dich bitten, mir dabei zuzusehen. Sag bitte nichts, schau mir nur zu.»

Gottchen, ja, wenn es nicht mehr sein sollte. Roberta nickte, und der Mann begann, sich auszukleiden. Er hatte einen perfekten Körper, aber offenbar auch ein dickes Problem. Doch Roberta sah ihm zu und dachte währenddessen an den armen, kleinen Johnny, der nie wieder etwas sehen würde. Ach, war das entsetzlich gewesen, all dieses Blut auf dem Pflaster und auf ihren Kleidern, sie würde das Zeug verbrennen müssen, Gottchen, ja, nichts davon ließ sich mehr tragen.

Ihr Gast legte ein Teil nach dem anderen sorgfältig zusammen und stapelte die Sachen neben sich auf dem Boden.

«Ich setze mich jetzt zu dir», sagte er.

«Schätzchen, du bist der Gast –»

«Leg bitte deine Hand auf meinen Schenkel.» – Aber sicher, Schatz, auch das. – «Und jetzt sag bitte: ‹Ich habe Lust, auf der Stelle mit Ihnen zu vögeln.›»

«Ach, Schätzchen, das läuft aber hier andersherum –»

«Du sollst es nur sagen – bitte.»

«Wie du meinst, Schatz – ich habe Lust, auf der Stelle mit Ihnen zu vögeln.»

«Aber ich will nicht, du kleine Fotze.»

Ach, Gottchen, nein – nun also doch. Diese Nummer.

«Schatz, du willst ein Spielchen spielen, ja –?»

«Ich will dich nicht vögeln. – Ja, jetzt sag etwas, antworte.»

«Schatz, da bist du hier an der falschen Adresse»

«Bitte, du mußt nichts tun. Bleib nur dabei, daß du mit mir vögeln willst. Sag es, sag es mir, sag es mir immer und immer wieder! Bis ich ihn hochkriege und dann –»

«Schätzchen, du hast mich nicht verstanden. Ich kann dir einen blasen und – ach, Gottchen, ja – du kannst auch sonst auf deine Kosten kommen, aber *diese* Quasselnummer –»

«Nur einmal noch, bitte. Sag nur noch einmal, daß du mit mir vögeln willst, dann ist es gut, dann mache ich den Rest alleine – bitte, bitte!»

Roberta seufzte und schüttelte den Kopf. Ach, wenn er dann Ruhe gab. Gottchen, was war das heute ein Tag.

«Ich will dich vögeln», sagte sie lahm.

«Ja», legte er jetzt los und bearbeitete seinen – ach, Gottchen, ja – einigermaßen soliden Schwanz. «Ja, das möchtest du, du kleine, arrogante Fotze. Aber ich vögel dich nicht, nein, und wenn du noch so heiß auf mich bist – nein, nein, nein! Befinger dich doch selbst, ja, zieh deine Fotze weit auseinander und –»

Roberta schaltete ab. Sie stand auf und strich ihren Rock glatt.

Ohne noch einen Blick auf den sich wild bearbeitenden Mann zu werfen, öffnete sie die Tapetentür, frischte vor dem Spiegel ihr Make-up auf. Als sie die Lippen nachzog, hörte sie im Hintergrund ein lautes, befreiendes Stöhnen.

Erschöpft lag der Mann lang ausgestreckt auf dem Bett.

«Du kannst dich nebenan waschen», sagte Roberta kühl und nahm einen Schluck Champagner.

«Danke.» Er kam hoch, und – Gottchen, nein – er lächelte sie wirklich dankbar an. Ach, Schatz, nicht dafür. Aber Roberta lächelte ebenfalls und nickte.

«Gern geschehen, Schatz», sagte sie. Während er im Bad war, schaffte sie Ordnung und wartete dann geduldig, bis er sich angezogen hatte.

«Du gefällst mir wirklich», sagte er und faßte sie leicht an die Hüften. «Du hast eine phantastische Figur. Wir werden uns bestimmt wiedersehen. Ich bin jede Woche einige Tage in Hamburg. Beim nächsten Mal machen wir es uns dann richtig nett. Kommst du auch ins Hotel?»

«Ach, Schätzchen, du schaust einfach mal wieder rein. Ich bin immer hier.» Sie öffnete ihm bereits die Tür.

Vorne auf der Bühne brachte Petra gerade ihren Annie-Lennox-Song zu Ende. Robertas Gast nutzte den dünnen Applaus, um sich äußerst galant zu verabschieden.

Roberta setzte sich auf ihren Platz an der Bar. Der kleine Schlingel hinter dem Tresen grinste sie an.

«Ach, Gottchen», imitierte er sie. «Hatten wir da einen Götterknaben.»

«Ach, Schätzchen», meinte Roberta. «Schenk mir doch bitte noch ein Schlückchen von dem Champagner ein und tu ein bißchen Eis dazu, ja?» Sie nahm sich eine Zigarette und rauchte ein paar Züge.

Die Gäste an der Bar hatten Gesellschaft, das Publikum im Zuschauerraum bestand aus einer AOK-Belegschaft und piefigen Paaren, Provinz vom Feinsten. Das Licht wurde erneut gedimmt, und die wirklich reizende argentinische Stripperin huschte zu Fanfarenklängen auf die Bühne. Petra stieg neben

Roberta auf einen Hocker. Sie hatte ihren Fummel gewechselt, trug jetzt ein trägerloses Schwarzes.

«Roberta-Schatz – gleich am ersten Abend soviel Glück! Hach, sah der Knabe kräftig aus.»

«Gottchen, ja – er hat sich kräftig mit sich selbst beschäftigt.»

«Nein! – Hach, wie man sich täuschen kann! – Ja, ich sag ja auch immer, auf nichts ist mehr Verlaß.» Sie zupfte ihr Dekolleté hoch und strahlte Roberta an. «Göttlich, dein Rouge – hach, jetzt hätte ich beinahe etwas ganz Dummes gesagt. Nein, so was aber auch, ich kleines Schandmaul. Wo du doch von Blut erst einmal genug haben wirst.»

«Ach, Gottchen, ja – es war nicht gerade appetitlich.»

«Hach, das glaube ich, das glaube ich. Aber Johnny hätte es so oder so erwischt – hach, dieses Dummerchen.» Roberta warf ihr einen fragenden Blick zu. «Stellt sich im Knast hin und plappert, daß er es Brilli noch zeigen werde – na, ich bitte dich! Hach – wußtest du das etwa nicht?»

«Gottchen, nein!» sagte Roberta.

«Schatz.» Petra tätschelte kurz ihre Hand. «Brilli war sehr, sehr böse. Er hat Johnny sogar noch warnen lassen, Erich draußen hat's mir brühwarm erzählt. Er hat Johnny angerufen – aber was macht dieses Dummerchen, anstatt brav bei seiner kleinen Liebsten zu bleiben? Er rennt gleich los, um bei Brilli einzufliegen – hach, nein, und schon ist es mit ihm vorbei.»

«Gottchen, wie kommt Johnny dazu –?»

«Hach», fiel ihr Petra ins Wort. «Nun wollen wir aber nicht länger tratschen.» Sie lächelte an Roberta vorbei, und Roberta wandte sich um. Zwei junge Männer wurden von der Saalbedienung an die Bar gewiesen.

«Hallöchen, Hallöchen», flötete Petra ihnen zu. «Hach, je später der Abend – Roberta-Schatz, rutsch doch bitte ein Höckerchen weiter.»

Roberta seufzte leicht, setzte aber nun auch ihr professionelles Lächeln auf. Die Männer hockten sich zu ihnen, und bald schon war klar, daß beide nicht abgeneigt waren, es sich ein bißchen nett machen zu lassen.

Als Roberta ein Stündchen später mit ihrem «Werner-Schatz» das Séparée verließ – ach, dieser Gast konnte wirklich zufrieden sein –, wurde ihr gesagt, daß Brilli sie sprechen wolle. Sogleich pochte ihr Herz heftiger – Gottchen, nein, hatte sie irgendwas vermasselt?

Brilli saß am Schreibtisch und rieb seinen Klunker.

«Setz dich doch bitte, Roberta», sagte er. «Wie ich höre, läuft es ja ganz gut an. Du hattest keine größeren Probleme mit den Gästen –?»

«Ach, nein –»

«Nun gut. Dann hätten wir da also nur noch Kalle. – Er hat sich bei mir gemeldet – etwas frech, muß ich sagen, aber nun ja. Was meinst du, wieviel sollten wir ihm als Ablöse anbieten?»

«Ach, Gottchen – Kalle! Ich habe mit Kalle keine Verträge –»

«Roberta», unterbrach Brilli sie nachsichtig lächelnd. «Sicher, das ist mir schon klar. Unter anderen Umständen würde ich Kalle den Finger zeigen lassen oder ihn nachdrücklich bitten, St. Pauli für einige Zeit zu meiden. Aber ich kann mir im Moment keinen Ärger leisten. Diese unselige Geschichte mit Johnny wird mir möglicherweise noch etwas zu schaffen machen – nun gut. Ich würde Kalle zehn Riesen vorschlagen. Wäre dir das recht?»

Roberta schluckte.

Brilli nahm es als Einverständnis und erhob sich.

«Nun gut», sagte er. «Ich denke auch, daß damit die Angelegenheit erledigt ist.» Er griff in seine Jakkentasche und blätterte Roberta zehn große Scheine hin.

Roberta mußte noch einmal schlucken.

«Gottchen», brachte sie dann nur heraus.

«Das wirst du schnell abgearbeitet haben. Bleib immer schön in Bewegung, dann hast du das bald vom Block. Für heute kannst du Schluß machen. Kalle wird im Bistro sein.» Er nickte zu dem Geld hin. Mit leicht flatternden Händen nahm Roberta es. Gottchen, nein – sie hatte gehofft, Kalle vorerst nicht mehr sehen zu müssen.

Brilli ging mit ihr zur Tür und klopfte ihr aufmunternd auf den Hintern. Ach, nein – war das ein schlimmer, schlimmer Tag.

Roberta beeilte sich nicht auf dem Weg zum Bistro. Sie trank unterwegs ein Täßchen Schokolade, rauchte drei, vier Zigaretten und rief auch bei sich zu Hause an. Gottchen – war der Junge denn immer noch nicht zurück? Und was mochte nur Johnny von ihm gewollt haben? – Ach, es war heute wieder einmal so viel geschehen. Sie hatte am frühen Abend Brilli Rede und Antwort stehen müssen, hatte Petras Tratsch im Ohr, hatte vor Augen, wie dieser wildgewordene nackte Mann mit der Pistole herumfuchtelte – Gottchen, nein, und dann das viele, viele Blut, und auch noch der entsetzliche Hund, nein – sie schüttelte sich, wollte an all das nicht mehr denken müssen.

Es war weit nach zwei, als sie das Bistro am Hans-Albers-Platz betrat. Kalle erwartete sie bereits.

«Roberta-Schatz.» Er hielt ihr die rechte Wange entgegen, und Roberta hauchte einen Kuß hin. «Du bringst mir was von Brilli, ja? – Sehr entgegenkommend, sehr entgegenkommend. Siehst du, dein alter Kalli spielt seine Trümpfe bestens aus. Brilli flattert heftig der Zwirn, was?»

«Den Eindruck hatte ich nun nicht –»

«Aber ich sag es dir, Schatz. Ich brauche den Bullen nur was zu flüstern, und der große Brilli hat Streß ohne Ende.»

«Ach –», meinte Roberta wegwerfend.

«Ich sage nur Johnny –!»

«Ach, Gottchen, ja – dann sagst du eben Johnny. Falls du es noch nicht gehört hast, Johnny ist tot –»

«Ja, ja – das hab ich längst gehört. Leider, leider,

leider – eine ganz, ganz dumme Geschichte. Aber Tote hinterlassen in der Regel etwas. Und wer das in der Hand hat, kann Brilli Feuer unter dem Arsch machen.»

«Gottchen, und du – ?»

«Kalli spielt seine Trümpfe», lachte Kalle. «Einen nach dem anderen. Kalli war immerhin Johnnys bester Freund. Du hast ihn doch noch getroffen – na, siehst du. Da war Johnny auf dem Weg zu mir. Da sollte Brilli schon einen kleinen Schuß vor den Bug bekommen. – Nun gut, wie Brilli zu sagen pflegt, schieb die Knete rüber. Das ist dann erst mal gebongt. Obwohl ich schon bedauere, dich endgültig abschreiben zu müssen –»

«Ach, Kalli – Gottchen, sieh mich nicht so an.»

«Wie sieht dein Kalli dich denn an – Schatz?» Er hatte seinen Arm um sie gelegt und begann, sanft – ach, so sehr, sehr sanft ihren Hintern zu streicheln – Gottchen, nein, sie wollte nicht wieder mit ihm anfangen. Das war doch nun wirklich vorbei.

Aber er sah sie weiterhin an, schmunzelte und zwinkerte ihr zu, und er senkte die Stimme zu einem verführerischen Flüstern.

«Schatz, soll Kalli dich nicht in die Heia bringen, ja? Wo du doch sicher so hart gearbeitet hast. Die ganzen miesen, miesen kleinen Freier. Das war doch kein Spaß, das weiß dein Kalli doch. Spaß kannst du nur mit deinem Kalli haben, aber sicher, mein Schatz, nur mit deinem ganz, ganz lieben Kalli –»

«Ach, Gottchen, Kalli – und dann schleppst du

mir wieder weiß Gott wen ins Haus und säufst und tobst –»

«Hm, hm, hm», machte Kalli. «Kalli ist ein ganz Lieber. Komm, gib deinem Kalli ein Küßchen.»

«Ach», seufzte sie und küßte ihn dann schließlich doch.

Kallis Lächeln verstärkte sich.

Er stieg von seinem Hocker, legte einen der von ihr erhaltenen großen Scheine auf den Tresen und ließ sich auf Fünfzig rausgeben.

Roberta betrachtete sich ihren Kalli kopfschüttelnd. Ach, sicher, ja, er war wie immer top gepflegt, trug die weite, hübsche Sommerhose und hatte die eleganten braunen Slipper an den nackten Füßen. Ach, Gottchen, ja – er konnte wirklich lieb sein, war bislang der einzige Mann, der sie wie eine vollwertige Frau behandelt hatte – wenn er denn Lust verspürte, mit ihr zu schlafen. Wenn er nicht nächtelang in diesem Bistro hockte oder sonstwo rumzog und sich irgendeine verseuchte Prosti zum Durchprügeln schnappte.

Kalli nahm ihren Arm und stolzierte mit ihr zur Tür.

«Ach, Gottchen, Kalli, ich weiß nicht –»

«Pssst!» Er legte seinen Finger auf ihre Lippen, ging mit ihr die paar Schritte bis zur Straße und winkte eine Taxe heran.

Es war nur ein kurzes Stück bis zu ihrer Wohnung. Kalle gab dem Fahrer ein großzügiges Trinkgeld.

Im Treppenhaus brannte Licht. Zwei Streifenbeamte kamen ihnen von oben entgegen, und Roberta spürte Kallis Hand nicht mehr auf ihrer Taille. Ein Beamter schüttelte beruhigend den Kopf.

Der andere nickte betrübt.

«Tja, Roberta – ist ja nu keine gute Nachricht. Tut mir ja nu echt leid.»

«Ach, Gottchen –»

Sie sah sich nach Kalli um. Kalli zuckte leicht resignierend die Achseln.

«Was gibt's denn?» fragte er schroff.

«Tja, das betrifft nu ma' die Roberta. Wie gesagt, das – das ist nu nicht gerade leicht. Der Timo –»

«Timo! – Gottchen –!»

«Tja, Roberta, der Timo ist da in einen Wagen reingerannt. Die Kollegen von – also, die Kollegen waren gleich da, aber –»

«Nein! – Oh, nein, nein! Gottchen, nein –!»

«Gleich tot?» fragte Kalli und nahm Roberta wieder in den Arm. «Scheiße.» Roberta klammerte sich an ihn, preßte ihr Gesicht an seine Schulter, schluchzte und heulte. Sie hörte nicht mehr, was die Beamten noch zu Kalli sagten – Timo, Timo, Timo tot, und irgendwie kam ihr dabei auch wieder Johnny in den Sinn – Timo, dieses Arschloch – ach, Gottchen, nein – Timo tot, Timo tot, Timo. – Timo!

10
FEDDER

20.35–5.17 Uhr

Kriminalhauptkommissar Jörg Fedder, LKA, Organisierte Kriminalität, sah dem davonwatschelnden Sven nach.

Kriminalhauptkommissar Fedder war offiziell nicht im Dienst. Fedder war in Freizeitstimmung auf den Kiez gekommen. Seit einer Woche feierte er die angelaufenen Überstunden ab.

Sein Urlaub hatte mit einem langen Wochenende auf Sylt begonnen. Evelyn, seit nun schon drei Jahren seine Lebensgefährtin, hatte ihn begleitet – was keineswegs selbstverständlich war. Evelyn war inzwischen alleinige Pächterin des *Treibhaus* in der Erichstraße, St. Pauli, und war mit einem Fünftel des Stammkapitals am *Getaway*, Grindelallee, beteiligt. Beide Kneipen waren Szene-Hits und entsprechend gut besucht. Das hatte seinen Preis. Evelyn war in der Regel rund um die Uhr beschäftigt. Das Sylt-Wochenende hatte sie sich mühsam freischaufeln müssen. Es war für sie beide sehr erholsam gewesen.

Am Montag hatte Fedder ihre gemeinsame Vier-Zimmer-Altbauwohnung, Winterhuder Weg, von Grund auf gesäubert und aufgeräumt. Dabei war viel Müll angefallen, und er hatte am frühen Abend, ausgehend von einer ihm im Hausflur zerplatzten Abfalltüte, eine kleine Auseinandersetzung mit dem Etagennachbarn Diesterloh gehabt.

Dienstag und Mittwoch hatte Fedder weitgehend mit der Lektüre von Norman Mailers «Gespenster» verbracht, dem ersten Buch des zweibändigen «Epos der geheimen Mächte». Es war die großangelegte Erzählung eines CIA-Offiziers, eine detailbesessene Schilderung der Aktivitäten des amerikanischen Geheimdienstes. An beiden Tagen hatte Fedder nur Tee und Säfte getrunken und war früh zu Bett gegangen.

Donnerstag hatte er Evelyn bei ihrem Großeinkauf begleitet und ihr danach in der Kneipe geholfen. Er war bis zur letzten ausgerufenen Runde geblieben, und sie waren gemeinsam mit einer Taxe nach Hause gefahren. Es war eine sommerlich laue Nacht gewesen. Sie hatten geduscht und sich noch, in ihre Bademäntel gehüllt, mit einer Flasche Wein auf den Balkon gesetzt. Die anfängliche Plauderei über Alltäglichkeiten hatte sich dann unversehens zu einem ernsten Gespräch entwickelt. Evelyn glaubte, schwanger geworden zu sein. Und zum bislang ersten Mal hatte sie geäußert, daß sie ein Kind haben wolle.

Die Vorstellung, Vater zu werden, hatte bei Fedder ambivalente Gefühle ausgelöst. Seit gestern nacht schwankte er zwischen Freude und der Angst, restlos überfordert zu sein.

Die Angst wurde zu einem nicht geringen Teil durch die Tatsache genährt, daß er momentan große berufliche Schwierigkeiten hatte. Seit Gottschalk und Broszinski kurz nacheinander aus dem Dienst geschieden waren, stand er emotional auf verlorenem Posten. Mit ihnen hatte er nicht nur gute Kollegen

verloren, sondern auch den starken Rückhalt bei den behördeninternen Grabenkämpfen.
Über das und anderes nachdenkend hatte Fedder den heutigen Tag mit einem Lauf um die Außenalster begonnen und war dann mit U- und S-Bahn zum *Elysee* hinübergefahren.

Mit Schwimmen, Saunen und Sonnen hatte er die Zeit bis zum späten Mittag verbracht.

Wieder zu Hause, hatte er sich einen Salat zubereitet und gegessen, hatte zwei Stunden fest geschlafen und war danach noch einige Kleinigkeiten einkaufen gegangen – unter anderem hatte er ein Buch über Schwangerschaft und Geburt erstanden, «Neun Monate und ein Kind».

Kurz nach acht war er aufgebrochen. Wie gestern hatte er vorgehabt, Evelyn in ihrer Kneipe behilflich zu sein.

Doch kaum auf St. Pauli, hatte er Schüsse gehört und entsetzte Schreie. Und schon hatte sein Automatismus eingesetzt. Das Hinrennen zum Schauplatz des Geschehens, das routinierte Abchecken der Situation.

Streifenbeamte und Zivilfahnder waren an mehreren Stellen tätig gewesen: Ein vollständig nackter Mann mit abgerissenem rechtem Arm wand sich am Boden und schrie.

Knapp einen halben Meter neben ihm lag ein schwarzer Mastino, den massigen Schädel in einer Blutlache, im Maul einen nackten Männerarm.

Ein weiterer Mann, blond, kräftig, von Streifenbeamten überwältigt und in die Acht gelegt, war offenbar niedergeschlagen worden und schien nicht voll bei Bewußtsein zu sein.

Und zirka zehn Meter von dem nackten Mann entfernt, der leblose Körper eines weiteren Mannes.

Fedder war von einigen Kollegen erkannt worden.

Er war knapp informiert worden.

Ein wild herumschießender Amokläufer, ziellos abgegebene Schüsse – ein Treffer. Beabsichtigt? Unbeabsichtigt? Welche Identität hatte der Täter, welche das Opfer? Und dann der Hund und der überwältigte Blondkopf.

Fedder hatte sich schnell weitestgehende Klarheit über die Abläufe verschaffen können. Bis auf einen Punkt, den wichtigsten.

Er selbst hatte den getöteten Mann als Josef Müller, Johnny genannt, auch Arschloch-Johnny, identifiziert.

Die Frage war, wer war der Schütze? Die Zusatzfragen: Wie war er an die Waffe gekommen, ein bereits sichergestellter Smith & Wesson .44 Special? Und: War der Schuß auf Johnny ein bewußt beabsichtigter gewesen, handelte es sich also demnach um einen Mord?

Da von dem Schützen = Täter vorerst keine Auskünfte zu erwarten waren (stark alkoholisiert, großer Blutverlust – Abtransport auf die Intensivstation), stand Fedder nun da und sah dem ihm hinlänglich bekannten Sven nach, der vielleicht (großes, großes

Fragezeichen) in Erfahrung bringen konnte, wo Johnny sich in letzter Zeit herumgetrieben und vielleicht auch Streß bekommen hatte.

Denn das konnte möglicherweise die Identität des Täters klären.

Fedder vermutete nämlich, daß der Nackte ein Mann aus dem Milieu war, genauer gesagt, aus Brillis Umfeld. Und das hatte seinen Grund.

Fedder hatte vor Wochen, im Zusammenhang mit einem von ihm bearbeiteten Fall, von Drohungen gehört, die Johnny schon während seiner Haft in bezug auf Brilli und seine Leute ausgesprochen haben sollte.

Es konnte also durchaus sein, daß einer aus der Brilli-Gruppe – vollgesoffen und nackt (die ungewöhnliche Hitze) in einer der umliegenden Pensionen herumhängend –, Johnny vom Fenster aus erblickt, sich sein Eisen gepackt hatte und quer über die Straße auf ihn zugerannt war, und – weg mit Arschloch-Johnny.

Fedder überließ den Kollegen wieder das Feld, bat sie allerdings, ihn auf dem laufenden zu halten – er sei den ganzen Abend über im *Treibhaus* zu erreichen –, und machte sich nachdenklich auf den Weg.

Hinter der Theke bei Evelyn war Fedder ihr und auch den Tresengästen gegenüber unaufmerksam. Zwischen seiner Freundin und ihm bahnte sich ein Streit an. Anfangs fielen nur flapsige Worte, dann kam es zu härteren Bemerkungen. Gegen elf betrat ein aalglatter Schönling die Kneipe und machte Evelyn penetrant an. Er protzte mit seiner hochtechnisierten Feta-Käse-Produktion – in Europa einmalig. Evelyn ging äußerst charmant darauf ein.

Fedder schnappte vor der Kneipe Luft und sah, daß es in der Parallelstraße brannte. Einen Moment lang war er entschlossen, sich den Brand aus der Nähe anzusehen. Nur so. Vielleicht auch, um Evelyn zu beunruhigen, wenn er grußlos verschwand. Ein absolut albernes Verhalten! – Herrgott noch mal, er würde Vater werden! Das *gute* Gefühl war wieder da. Er lächelte in sich hinein.

Dann atmete er befreit durch, schlenderte zum Tresen und küßte Evelyn.

Sie erwiderte seinen Kuß. Sie lachten sich an.

Der Schönling trank sein Glas aus und zahlte.

Fedder sagte Evelyn, daß er auf einen Sprung in die Davidwache gehe.

Er hatte ihr bereits erzählt, was dort passiert war. Einige Kneipengäste hatten auch schon von den wahnwitzigen Vorfällen berichtet. Der ganze Kiez sprach mittlerweile davon. Sven (Fragezeichen, Fragezeichen) müßte eigentlich einiges aufschnappen können.

In der Wache aber lagen keine neuen Erkenntnisse vor. Die Fotos vom Täter waren längst beim LKA, Fax auch ans BKA. Bislang war der Mann nicht identifiziert worden. Szeneinformanten kannten ihn ebenfalls nicht.

Fedder überkamen die ersten Zweifel an seiner Theorie.

Er war nun doch froh, nicht offiziell mit dem Fall beschäftigt zu sein.

Vom Brandort wurde gemeldet, daß zwei tote Männer geborgen worden seien. Fedder interessierte sich dafür nicht weiter.

Auf dem Rückweg ins *Treibhaus* blickte er kurz auf die Uhr.

Er konnte nicht wissen, daß genau zu der Zeit ihr Etagennachbar Peter Diesterloh wüst vor sich hin fluchend seine Wohnungstür aufschloß, ein dem «Lindenstraßen»-Momo wie aus dem Gesicht geschnittener Taxifahrer zu ihrer Nachbarin Ulrike, Ehefrau des Peter Diesterloh, kurvte, die im *Atlantic* abgestiegen war, und im Ortsteil Stellingen eine junge Bankangestellte namens Stephanie eine Zigarette nach der anderen rauchte und stark beunruhigt auf ein Lebenszeichen von ihrem Johnny wartete.

Fedder konnte auch nicht wissen, daß Karin Krause, die Ehefrau des noch nicht identifizierten Täters, in einem Fiat Panda auf dem Heimweg war und in wenigen Minuten ihre völlig verwüstete und auch ausgeraubte Wohnung betreten würde. Und er hatte natürlich auch keine Ahnung davon, daß der kräftige, blonde Mann, den die Kollegen der Davidwache (nach Aufnahme der Personalien, Befragung, Protokoll und Androhung eines Verfahrens) inzwischen hatten abziehen lassen, seit Wochen im Sternschanzenpark mit ebender jungen Frau trainierte, die seine Lebensgefährtin Evelyn zwischenzeitlich aus dem *Getaway* zur Verstärkung ins *Treibhaus* gebeten hatte. Fedder wußte von Yvonne nur, daß sie mit einem Triebtäter liiert gewesen war.

Und so verlief für Fedder nun der restliche Abend wie der Abend zuvor. Er hatte sich entschlossen, das Nachdenken über die Umstände, die zu Johnnys Tod geführt hatten, auf den Beginn der nächsten Woche zu verschieben, konkret, auf den Montag, wenn er wieder zum Dienst antrat und in der morgendlichen großen Besprechung hören würde, welche Ermittlungsergebnisse inzwischen vorlagen. Bis dahin wollte er sich Überlegungen und Vermutungen zu dem Vorfall verbieten, nicht zuletzt Evelyn zuliebe. Mit großer Wahrscheinlichkeit würden sie bald heiraten und ein Kind haben – oder auch in umgekehrter Reihenfolge.

Als die letzten Kneipengäste aufgebrochen waren, nahmen sie wie in der gestrigen Nacht wieder ein Taxi.

Zu Hause duschten sie und gingen diesmal gleich zu Bett, lagen ruhig nebeneinander und schauten vertraut schweigend noch eine Weile in das Dämmerlicht des beginnenden neuen Tages.

Serientäter

Robert Brack
Die siebte Hölle
(thriller 2941)
Oldtimer bringen's besser als Bücher, meint der bankrotte Buchhändler Jercy Pacula, und überführt zwei Limousinen nach Lissabon...
Schwere Kaliber
(thriller 2967)
Psychofieber
(thriller 3058)

Frank Göhre
Schnelles Geld
(thriller 3048)
Der erste, seit Jahren vergriffene Kriminalroman von Frank Göhre, der mit mehreren Literaturpreisen ausgezeichnet wurde und als Kinofilm Beachtung fand. Neu bearbeitet und wesentlich erweitert.
Der Tod des Samurai
(thriller 2832)
Ein Thriller über organisiertes Verbrechen in Hamburg.
Der Tanz des Skorpions
(thriller 3025)
Letzte Station vor Einbruch der Dunkelheit
(thriller 2795)
Der Schrei des Schmetterlings
(thriller 2759)

Daniel Pennac
Wenn nette alte Damen schießen...
In Belleville, dem Kreuzberg von Paris, schneidet ein erbarmungsloser Killer armseligen Rentnern die Kehlen durch. Angst macht sich breit, gefolgt von einer kräftigen Paranoia. Ausgezeichnet mit dem «Prix Mystère de la critique».
(thriller 2921)
Königin Zabos Sündenbock
(thriller 3003)

rororo thriller

30 Jahre thriller Jubiläums-Lesebuch
(thriller 3030)
Dieser Jubiläumsband präsentiert einen opulenten Querschnitt durch die Geschichte der rororo thriller- Reihe und bietet literarischen Nervenkitzel pur. Die Palette internationaler Autoren gleicht einem Who is Who der Kriminalliteratur.

Pacio Ignacio Taibo II
Der melancholische Detektiv *Drei Fälle für Héctor Belascoarán Shayne*
(thriller 3039)
Der Boxer Angel, Freund von Detektiv Héctor Belascoarán, wird beim Training im Ring von einem Unbekannten erschossen. Mögliches Motiv: eine alte Rivalität um eine Frau... Taibo liefert nicht nur ungewöhnliche Stories, sondern ein dichtes Bild von Mexiko, seiner Atmosphäre, seinen Problemen und seiner Faszination.
Das bizarre Leben
(thriller 2940)
Comeback für einen Toten
(thriller 3019)

Serientäter

Larry Beinhart
Priester waschen weißer
(thriller 3043)
Tony Cassella schlüpft in die Rolle eines irischen Priesters um den Tod von Wendy Tavetian und einem Japaner aufzuklären.
Zahltag für Cassella
(thriller 2932)
Bei Privat Eye Tony Cassella steht eine Steuerprüfung an. Genau in dem Augenblick, als er genügend Beweismaterial gegen den Justizminister persönlich zusammen hat...

K. C. Constantine
Ein unbeschriebenes Blatt
Ein Fall für Mario Balzic
(thriller 2776)
«Constantine ist ein wunderbarer Autor. Lang lebe Polizeichef Balzic!»
New York Times
Blues für Mario Balzic
(thriller 3002)
Schwere Zeiten für Mario Balzic: ein Mord geschieht, seine Mutter wurde mit einem Schlaganfall ins Krankenhaus eingeliefert und seine Frau hat wenig Verständnis für sein Pflichtbewußtsein.

William Krasner
Opfer einer Razzia
(thriller 3001)
Organisiertes Verbrechen + illegales Glücksspiel = Unmoral & Prostitution - Charley Hagen, Partner von Detective Captain Sam Brige, zieht wieder einmal voreilige Schlüsse.
Die letzte Tat des Mr. Goodman
(thriller 2937)

Jean-Bernard Pouy
Sprengsatz aus der Vergangenheit
(thriller 3021)
Der Schlüssel zur Affäre
(thriller 2977)

3024/4b

rororo thriller

Schwarze Beute
Stories von berühmten Autoren und neuen Talenten finden sich in den thriller-Magazinen und immer wieder – Shock, Thrill and Fun.
thriller–Magazin 5
Herausgegeben von Norbert Klugmann und Peter Mathews
(thriller 2969)
thriller–Magazin 6
Herausgegeben von Janwillem van de Wetering
(thriller 3000)
thriller-Magazin 8
Herausgegeben von Maj Sjöwall
(thriller 3093)

Die Reihe *rororo thriller* wird herausgegeben von Bernd Jost. Ein Gesamtverzeichnis aller lieferbaren Titel finden Sie in der *Rowohlt Revue*. Jedes Vierteljahr neu. Kostenlos in Ihrer Buchhandlung.

Crime Ladies

«Es liegt in der Tradition des Kriminalromans, daß Frauen bessere Morde erfinden. Aber warum? Diese Frage kann einen wirklich um den Schlaf bringen!»
Milena Moser in «Annabelle»

Patricia Highsmith
Venedig kann sehr kalt sein
(thriller 2202)
Peggy liegt eines Morgens tot in der Badewanne. Niemand zweifelt, daß sie sich selbst die Schlagader aufgeschnitten hat. Nur für den Vater ist klar: der Ehemann muß schuldig sein...
«Unter den Großen der Kriminalliteratur ist Patricia Highsmith die edelste.»
Die Zeit

Nancy Livingston
Ihr Auftritt, Mr. Pringle!
(thriller 2904)
Pringle vermißt eine Leiche
(thriller 3035)
«Wer treffenden, sarkastischen, teils tief eingeschwärzten Humor und exzentrische Milieus schätzt, komm mit Privatdetektiv G.D.H. Pringle, einem pensionierten Steuerbeamten, der die Kunst liebt, ganz auf seine Kosten.»
Westdeutscher Rundfunk

Anne D. LeClaire
Die Ehre der Väter
(thriller 2902)
Herr, leite mich in Deiner Gerechtigkeit
(thriller 2783)
Peter Thorpe zieht an die Küste von Maine und hat zum erstenmal in seinem Leben den Eindruck ehrlichen, rechtschaffenden Menschen zu begegnen. Hier gibt es keine Lügner, Diebe, Mörder. Oder doch?

3022/3

rororo thriller

Jen Green (Hg.)
Morgen bring ich ihn um! *Ladies in Crime I - Stories*
(thriller 2962)
Diese Anthologie von sechzehn Kriminalgeschichten von Amanda Cross über Sarah Paretsky bis Barbara Wilson zeigt in Stil und Humor die breite schriftstellerische Palette der Autorinnen.

Jutta Schwarz (Hg.)
Je eher, desto Tot *Ladies in Crime II - Stories*
(thriller 3027)

Irene Rodrian
Strandgrab
(thriller 3014)
Eine Anzeige verführt so manches Rentnerpaar, die Ersparnisse in ein traumhaftes Wohnprojekt im sonnigen Süden zu investieren. Sie können ja nicht ahnen, daß sie nicht nur ihr Geld verlieren, sondern auch ihr Leben aufs Spiel setzen...
Tod in St. Pauli *Kriminalroman*
(thriller 3052)
Schlaf, Bübchen, schlaf
(thriller 2935)